李琴峰

Li Kotomi

筑摩書房

肉を脱ぐ

肉を脱ぐ

カバー作品　Kaye Blegvad《Woman in weeds》
装丁　アルビレオ

湯船に浸かると、髪の毛先、乳房の先端、そして全身の毛穴から粉末くらいの小さな粒子がぽこぽこと浮かび上がり、お湯の中で広がっていく。かじかんで寒暖の区別がつかなくなりかけていた手足は、次第に温かさの知覚を取り戻していく。

鼻の下ぎりぎりまで顔をお湯の中に浸け、冷えていた体表温度が上がっていく感覚を味わう。細胞が復活している。デスクワークで凝っていた肩と腰、パンプスで痛めた足と脹脛《ふくらはぎ》を中心に、角砂糖がお湯に溶けるように、身体にこびりついた重さが少しずつ溶け出して消えていくような痛気持ちよさを覚える。血管が広がり、血の流れがどくどくと加速する音まで聞こえてきそうだ。押し上げる浮力に抵抗して更に身体を沈め、目の下まで顔を浸し、鼻から空気を押し出してみる。ポコポコポコッと、空気が気泡となって水面で弾け、飛び上がるしぶきが目に沁みる。入浴剤の柑橘系の香りが鼻腔をくすぐる。

生きている感じがした。その感じにうんざりする。

声を出して、溜息を吐《つ》いてみる。湯気が立ち昇る狭い浴室の中で、溜息は暫《しばら》く木霊《こだま》した。透明なお湯の中で、髪の毛は水草のようにゆっくり揺れている。黒いから水草というよりひじきに近い。海の中のひじきも黒いのかな？　食卓に出される時みたいに。毛先や身体から溶け出す無数の粒子が水面に揺蕩《たゆた》う。これは身体についている細かいゴミや埃なのか、代謝された老廃物なのか、それともただの気泡なのか。あるいはその全部が含まれているかもしれない。

この現象を小説に使えないか考えてみた。何かメタファーや象徴的な意味を与えれば使えるかもしれない。例えば、自我だ。身体から溶け出す無数の微粒子、それはばらばらになった自我が溶け出していくみたいだ——次の瞬間、心の中でツッコミが入った。何が「自我が溶け出していく」だ。臭過ぎる。臭くて編集者の宮崎さんの声が聞こえてきそうだ。「自我とか、欲望とか、そういう直接的な言葉を使うんじゃなくて、もっと丁寧に描写した方がいい」と。

でも、もしそれが代謝された老廃物なら、「自我」と言っても別に間違いではない、とも思う。それらはまさしく過去の自分の一部なのだから。蟬や蛇の脱皮みたいに、人間だって少しずつ過去の自分を脱ぎ捨てながら日々生まれ変わる。

思い付きで太ももの肌を擦《こす》ってみる。すると、確かな手応えとともに消しゴムのカスの形をした垢が肌を離れて水面に浮かび上がる。ついさっきまで自分の身体の一部だったものが不要なゴミとなってこの身体を置き去りにした。その事実に何となく快感を覚え、肌を擦り続けていると、太もも、膝頭、脛《すね》、踝《くるぶし》のくぼみ、肩、腕、手首、擦れば擦るほど消しゴムのカスが増えていく。このまま不要な部分を自分から剝がしていき、身体が丸ごと消えてくれればいいのに、とぼんやり考える。

剝がされた身体の残滓に囲まれるとどことなく気持ち悪いので、お風呂から上がることにした。身体に付着した垢をシャワーで洗い流し、浴槽のゴム栓を抜き取ると、自分自身の欠片《かけら》がお湯とともに排水口の闇に吸い込まれていく。

浴室を出た瞬間から、温まった身体が急速に冷えていく。踝から脹脛にかけての鈍い疼きが後を引いていて、肩も重石が乗っかっているように怠《だる》い。お風呂に入っているあいだ一時的に治まっていた頭痛がまた戻ってきた。眼鏡をかけると視界が解像度を上げたが、グラスについている埃と指紋の脂汚れが私と世界の間で揺らめいており、気になって仕方がない。身体を拭いて部屋着を着て、窓のカーテンを開ける。街灯の薄明かりに照らされる夜の底に、降り頻《しき》る雪がしんしんと積もっていく。窓ガラスに触れると、指先からひんやりした感触が伝わる。凍える外気が部屋に漏れて入ってくる。お風呂から出てきたばかりなのに、足はもう冷たくなっている。座椅子に座ると、腰が軋む微かな音が鳴る。乾燥した肌がつっぱり、むずむずと痒みを覚える。全てにうんざりする。

身体がもたらす快と不快は決して釣り合うことはない。何とかして快を求めようとしても、不快は一時的に覆い隠されただけで、すぐにまた戻ってくる。生きている限り延々と繰り返される、終わりのないいたちごっこ。

化粧水と乳液を塗るのが億劫なのでやめた。髪の毛もそのまま自然乾燥に任せた。どうせいたちごっこになるのだから、身体の世話にかける手間と時間を必要最小限に留めたい。湯船に浸かるのは何年ぶりだろう。大雪でも降っていなければそんな気にはならなかったはずだ。入浴剤というものはたぶん、生まれて初めて使った。その入浴剤はいつだったか、ラブホテルから持ち帰ったものだ。

スマホを手に取り指紋認証でロックを解除し、青い鳥のアイコンでツイッターアプリを立ち上げ、虫眼鏡の図形と検索ボックスを順にタップし、表示された検索履歴の一番上にある「柳佳夜《やなぎかよ》」を親指で触れてから素早く画面を左へ払い、「最新」の検索結果を表示させる。この一連の動きはとっくに自動化されていて、二秒もかからない。

エゴサーチの結果は二十分前と変わらない。インターネットの海から掬い上げられた、私のペンネームを含む最新のツイートは一か月前のものだった。

〈これから図書館で「群晶」読むぞ。まず柳佳夜「鳥殺し」から。〉

読んだ感想ならともかく、これから読む宣言をわざわざインターネットで書き込む意味が分からない。しかもなんで図書館なんだ雑誌くらい買ったら。大体、このアカウントは読む宣言をしただけで読了報告も読後の感想も投稿していない。アカウントのプロフィール画面に入って三か月分のツイートを遡ったことがある。ほとんどが食事の写真や他愛のない独り言で、文芸誌や本に言及しているのはこの一件だけ。本当に読んでいるのかな。読んだなら何か言ったらどうだ。何か言う価値もないほど私の小説は下手くそな代物なのか。

ツテを頼って出版社に小説を持ち込んだのは、一年三か月前のことだった。大学時代に一緒に小説の同人誌を作っていた友達が純文学の新人賞を受賞して作家デビューし、直後に芥川賞候補になった。彼女にお願いして、文芸誌の編集者に小説を渡してもらった。空を飛べない自分の身体を疎ましく思う少年が鳥を羨むあまり、鳥を捕まえて殺すことを繰り返すという内容の、一〇〇枚くらいの短編だ。持ち込んでから半年の間、編集者からは何の返事もなかった。友達に頼んで、何回か状況を確認してもらった。デビュー作で芥川賞候補になった期待の新星の頼みを無下にできなかったのか、半年後に宮崎さんという編集者から電話がかかってきた。今のままでは難しいが、大幅に手を入れたら掲載はできるかもしれないとのこと。それから六回にわたって改稿をし、ようやく『群晶』に載せてもらえたのは二か月前のことだった。

掲載号の発売日ははやる気持ちを抑えきれず、定時で仕事を切り上げ、書店に駆け込んで『群晶』を三冊購入した。「こちらの雑誌は全て同じ号ですが、宜しいですか?」とレジで店員に確認され、私の小説が載っているんです、と言いたい気持ちを押し殺して、「はい、大丈夫です」とだけ返事した。帰りの電車の中で、小説のタイトルと自分のペンネームが印字されている目次をしみじみ眺めながら、顔の筋肉が言うことを聞かずついにやけてしまった。

発売から数日後、エゴサーチをするとぱらぱらと小説の感想が数件ヒットした。〈面白かった〉〈分かるー〉〈これ、おれの好きなやつかも〉といった短い感想ばかりだが、それでも私が書いたものが確かに誰かに届いていると知り、安心感とともに喜びを感じた。身体の重さに縛られている佐藤慶子としての自分とは違う、実体も持たず、言葉の中にしか存在しないもう一人の自分がそこにいる。そう考えると救われる気分になった。

これで念願の作家デビューを果たした、そう思いきや、エゴサで感想がヒットしたのはほんの最初の頃だけで、三週間経つとほとんど何も引っかからなくなった。新聞の文芸時評欄では取り上げられず、『文学会』の「新人小説月評」コラムでの言及も〈鳥を殺したいほど自らの身体を憎む主人公の感情は実感を伴って伝わってこない〉という一文のみ。二作目を宮崎さんに送ったが〈少しお時間を頂きます〉という素っ気ない一文が届いたきり何の連絡もないし、他の雑誌から仕事の依頼が来ることもなかった。エゴサの結果も一か月前のもので止まっている。

どうせ新しい言及なんてありやしないと知りながら、それでもエゴサをしてしまう。息を吐くように、もう一人の自分の名前を検索してしまう。検索の度に焦りとともに軽い絶望を覚えるが、どうしてもエゴサはやめられない。これがもう一人の自分の存在を確認する唯一の方法なのだから。

ツイッターで「記録的大雪」がトレンドインしている。〈積雪一〇センチ〉〈道路通行止め〉〈鉄道運休〉といった文字列がネットニュースの見出しに躍り出る。一時間前まで自分もその雪のせいで足止めを食らい、遅れに遅れたすし詰めの満員電車に乗り込もうとする人たちに揉まれ、何時間も辛抱してようやく帰ってこられたのに、いざ家に入るとそれらのニュースの見出しが悉《ことごと》く他人事のように映る。つくづく、身体に縛られていると痛感する。五感の内側にあるものと外側にあるものとで、世界が真っ二つに分断されている。

鏡を覗き込むと、眼鏡をかけ、そばかすが散らかっているふっくらとした顔がそこにある。垂れ下がった目尻は今にも泣き出しそうに見えて、乾いた薄い唇も不機嫌そうに映る。眼鏡を外すと、目の下のクマや、長年眼鏡をかけているせいでできた瞼《まぶた》のくぼみ、そして鼻筋についている鼻パッドの跡が目立って見える。自分の顔を見るとうんざりして目を逸らしたくなる。顔だけではない。身体を持つこと自体にうんざりする。

大雪への反応を暫く読み漁《あさ》っていると飽きてきて、また反射的に指先が動き出し、エゴサしようとする。その時、優香《ゆうか》ちゃんからのＬＩＮＥメッセージがスマホ画面にポップアップ表示された。

〈けいちゃん、無事帰れた？　こっちは無事家に着いたよー〉

同期の服部優香とは就活していた時期に、新宿二丁目のバーで知り合った。ちょうど彼女も就活していたので、二人でよく情報交換しながら励まし合った。その後、二人とも大手化粧品メーカーである今の会社に受かり、私は人事部に、彼女は総務部に配属され、入社五年目の今でもずっと仲良くしている。彼女は実は本名が服部祐樹《ゆうき》で、戸籍上は男性であることは、入社二年目の時カミングアウトされて知った。あまりにも自然に女性として生活していたから、そんな可能性は過《よぎ》りもしなかった。彼女は性別が理由で高校時代にいじめに遭って不登校となった時期があるので、同期とはいえ年齢は私より上だ。今は性別変更のための手術費用を貯めているという。

〈もうお風呂入ってきたよー〉

と、アニメキャラクターがOKサインをしているスタンプを添えて送り返す。今は就活シーズンなので、今日は私も優香ちゃんも合同企業説明会に駆り出されていた。化粧品メーカーなので来てくれた就活生の九割が女性で、みな判で押したような真っ黒なリクルートスーツに身を包み、髪を一つに結い上げ、手にノートを持ち、こちらのプレゼンを聞きながら神妙な顔で頷いていた。「弊社は化粧品メーカーだと思われがちですが、実は化粧品だけでなく、レストランやヘルスケアなど、幅広い事業を展開しておりまして……」就活生の真剣な表情を見ると、話しているこちらが空々しくなる。自分の話している内容について本当は何一つ分かっていない。人事部所属とはいえ、私は採用担当ではない。女性社員が説明会に出た方が会社の女性活躍の成果をアピールできるという理由で駆り出され、採用担当チームから渡されたプレゼン資料とスクリプトを、ただテープレコーダーのように繰り返しているだけ。幅広い事業を展開しているかもしれないがその多くは不採算部門で、売上の九割方は化粧品に依存している、というのは内緒で、自社の化粧品を私はほとんど使ったことがない、ということも口が裂けても言えない。来てくれた女子学生はほとんどばっちりメイクをしている。中には志望度をアピールするためにわざわざうちの化粧品を購入して使っている子もいるかもしれない。それが全くアピールにならないという事実が気の毒で仕方がない。彼女たちは一体何歳の時から、どんな状況で、あるいはどんな必要に迫られて、誰に教わってそんな化粧技術を身につけたのだろう。普段ほとんどメイクしないから不思議に思ってしまう。真冬にもかかわらず、彼女たちの半分以上がタイトスカートを穿いていた。スカートの裾から伸びた、ストッキングに包まれ引き締まっている彼女たちの両足を見ていると、ロングパンツを穿いているこちらが申し訳なくなる。

〈よかったー。身体を暖かくしてゆっくり休んでねー〉

優香ちゃんの方がずっと私より楽しんでいるように見える。仕事を、化粧を、おしゃれを、そして女性としての生活を私より何倍も楽しんでいるその姿を、時々疎ましく思う。自分を大事にすること。身体を労わること。誰かに見せるための顔を作ること。それらのことを何の疑問もなくこなせているように見える。今の会社だって、私はたまたま引っかかったところに入ってみただけの気持ちだが、彼女にとっては第一志望だ。

〈ありがとー。ゆうかちゃんもゆっくり休んでね〉

と、アニメキャラクターがお布団に入って「Ｚｚｚ」しているスタンプとともに送り返す。すると、同じ構図のスタンプが返ってくる。私はＬＩＮＥを閉じ、ツイッターに戻り、慣れた手順でもう一度エゴサをかけた。身体を持たない精神だけの自分の存在証明が新たに引っかかることを願って。

最新の検索結果は依然として〈これから図書館で「群晶」読むぞ〉だった。

*

駅のホームに立っているとたまに、左右から同時にアナウンスが流れることがある。「間もなく、●●行きが参ります。危ないですから、黄色い線の内側までお下がりください」。片方は男声、片方は女声のアナウンスで、流れ出したタイミングはぴったり重なっていたのに、話すスピードや間の取り方の小さな相違によって音が次第にずれていき、やがて耳障りな不協和音になってしまう。そのずれが、私には世界の象徴のように感じられる。

男と女のずれ。理想と現実のずれ。自分と世界のずれ。そんなずれを受け入れるか、見て見ぬふりをすることで、人間は社会という大きな機械、時代という壮大な絵画に組み込まれていく。ちょうどジグソーパズルの一つのピースのように、全体の一部としてぴたっと嵌まる。違うのは、そのジグソーパズルは決して完成することはないということ、そして部品が絶えず生産され続けているということだ。生産のペースが少しでも落ちると少子化だの何だのと危機感を煽られる。

電車に乗り込むと、〈夏までにやらなきゃならないことがある！〉という煽り文句の脱毛広告が目に入る。水着を着たつるつる肌の女の子が媚びるような目でこちらを見ている。朝から気持ちが翳《かげ》り、広告が目に入らないようスマホをいじる。しかしスマホを手に取るとまた反射的にエゴサを始める。嫌気が差して、スマホをカバンに放り込む。目を閉じ、身体を折り畳むようにして頭を膝に近づけ、暫く休むことにした。背中と肩にコートの重さを感じる。

時差通勤制度のおかげで朝の通勤電車はそれほど混んでいない。家の最寄り駅で降りる人が多いこともあり、よほど運が悪くなければ大抵席にありつける。それでも電車が止まる度にたくさんの人が乗り込んでくるので、人いきれでいつも気分が悪くなる。

次の駅で電車が止まった。顔を上げると、背が曲がっている総白髪のおばあさんが乗り込んできた。一歩一歩に全体重を思いっきりかけるような重々しい歩き方だった。優先席はもう高齢者でいっぱいになっている。溜息を吐き、おばあさんが自分の席の近くまで来たタイミングを見計らって、無言で立ち上がって席を離れた。暫く経ってから振り返り、空いた席におばあさんが腰かけていることを確認する。

歩行している高齢者を見ると、いつも気の毒な気持ちになる。腰を低く折り曲げ、目に見えない重たい荷物を背負っているような歩き方もあれば、数センチほどの狭い歩幅を必死に重ね、蠢《うごめ》く虫のように小刻みに歩き進める人もいる。そんな高齢者を追い抜く度に、若い身体を見せびらかしているようで軽い罪悪感を覚え、それと同時に、それだけの重さを背負ってしまっているにもかかわらず、何故解放されようとしないのか、と心の中で思わずにはいられない。

身体を持つことにうんざりしている。身体を持っている限り、それをケアする負担が生じ、手間暇と費用が発生する。他者の視線に晒され、評価の対象にもなる。脱ぎ捨てられない重さを背負ってしまうこともある。身体が重い。身体が重さの根源だ。

中学生の時だったか、生物の授業で進化論を習った時は深い絶望を覚えた。進化論によれば、自分が今持っている身体は気の遠くなるような時間の中で繰り返されてきた変異と淘汰の結果に過ぎないという。環境に適応した個体が生き残り、その遺伝子を後世に引き継いでいく。それが進化の仕組みだ。二足歩行、脳の容量、身体の大きさ、対向する親指、これらは全て遥か昔の環境に適応するために生まれたもの。つまり、自分の身体は自分のものではなく、数億数千万年の進化の歴史が、生存競争の結果があらかじめそこに組み込まれているということになる。生まれた瞬間から、身体を持つことによって、私はとんでもない重さを背負わされてしまっているという事実。その重さに耐えられず、進化論の授業のあと丸々三日間、私はベッドで寝込んだ。

それは初潮の時期とも重なっていた。ある時から、身体が重いと感じた。下腹部の鈍い痛みとともに、怠さが全身を覆った。胸が張っていて気持ち悪く、指で押すと痛かった。風邪で熱が出た時のようにふらふらするが、測ってみると平熱だった。パンツの茶色いシミに気付いた時、何が起こっているのかすぐに分かったが、認めたくなかった。ナプキンやおりものシートを買う行為にも、何となく抵抗を覚えた。それを買ってしまえば、認めてしまったことになる。自分も生物としての役割を押しつけられた身体を持っているのだと、認めてしまったことになる。代わりにティッシュペーパーを何枚も重ねてパンツに挟んだ。ティッシュがずれたり落ちたりしないよう、テープで固定した。三か月間、生理の間はそんな状態で過ごした。周りの女子は親が赤飯を炊いたりケーキを買ったりしてくれたみたいな話をしていたが、それを聞くとどうしようもなく馬鹿馬鹿しく、そして恐ろしく感じた。

結局、血のついたティッシュの端切れがスカートから落ち、それが担任の先生に気付かれてことが発覚した。先生は父を学校に呼び出し、事情を説明した。父と母は物心ついた頃には既に離婚していて、家には父しかいなかった。娘の初潮が始まっているのにまるで気付かなかったことで自分を責めているように見えた父を気の毒に思いながら、しかしたとえ母がいたとしても、きっと母にも話す気にはなれなかったと思う。

「慶子ちゃんはもっと自分の身体を大事にしないといけないよ。生理は赤ちゃんを作る準備で、とてもめでたいことなんだから、恥ずかしがらず堂々としなさい」

あの日は帰り際、先生にそう言われたが、その言葉が途轍もなく空々しく感じられた。赤ちゃんを産む準備が何故自分に必要なのか分からないし、その準備のために何故自分が苦しまなければならないのかも分からないし、何故それがめでたいことなのかもよく分からない。押しつけられた生物としての役割を果たし、押しつけられた遺伝子をまた誰かに押しつけることが、そんなにめでたいことなのだろうか。恥ずかしいなどと思ってはいなかった。鬱陶しいと思っただけだ。

親を恨んだ時期もあった。親が産んでいなければ、私はこんな重さを背負わなくて済む。過去の生物が無批判に生物としての役割を果たしてきたせいで、私も進化の結果や、生物としての役割を押しつけられてしまった。しかし後になって考え直した。結局のところ、親もまた被害者なのだ。彼らもまた進化の道程を背負わされた、いわば長い絵巻に組み込まれた哀れな一コマに過ぎない。

電車を降り、駅を出た。道端にはまだ一週間前の積雪が融け残っているが、今日は青空が広がっている。陽射しが目に入った瞬間、思わずくしゃみをした。人の流れに順応して、オフィス街の方向へ向かう。本社ビルのてっぺんに掲げられている会社のロゴを何となく見上げた時、もう一つくしゃみをした。

身体にうんざりする。身体があるのは不自由過ぎる。陽射しを受ければくしゃみをし、花粉が飛べば鼻水が出る。お腹が空いたら食べなければならず、病気になったら治さなければならない。眠くなったら寝なければならず、体内に排泄物が溜まったら出さなければならない。生物の役割など知ったことではないのに、毎月馬鹿正直にせっせと受精の準備を進めている身体は、知性の対極の存在のように思える。

「慶子ちゃん、おはよう！」

振り返ると、優香ちゃんが後ろに立っていて、微笑みを浮かべながらこちらに向かって手を振っている。お客さんに会う仕事ではないのに、彼女はいつもちゃんとしたレディーススーツにタイトスカートを穿いていて、絵に描いたようなキャリアウーマンの格好をしている。

「優香ちゃん、おはよう」

笑顔を作り、手を振り返す。エントランスのフラッパーゲートに社員証をかざし、エレベーターホールに入る。優香ちゃんと一緒にエレベーターに乗り込み、職場のある十五階へ上昇する。ある高さまで上がると直射日光が目に当たり、またくしゃみをした。優香ちゃんは心配な表情でこちらを覗き込んできた。

「大丈夫？　花粉症？」

「ううん、陽射しのせい」

と返事をしたものの、ひょっとしたら花粉がもう飛び始めているのかもしれない、と思った。

十五階に着くと、打刻機に社員証をかざして打刻を済ませ、「じゃ、またね」と、それぞれの職場へ向かった。私のいる人事部と優香ちゃんのいる総務部はフロアは同じだが、違うブロックにあるのだ。

「おはようございます」

挨拶しながら、席につく。まだ定刻前だから、席にいる人は半分くらい。去年入社した新入社員の福島亮太はもう席にいて、パソコンに向かって何か作業をしているが、私の声を聞くとすぐこちらへ振り返り、「佐藤さん、おはようございますっ！」と礼儀正しく挨拶をした。その大袈裟な元気さアピールを鬱陶しく思いながら、「おはよう」と一応挨拶を返した。

パソコンが立ち上がるのを待っている間に、カバンからスマホを取り出し、いつもの手癖でツイッターアプリを開いてエゴサする。当然、新しい投稿はなかった。電話がかかってきたらすぐ出られるように、スマホはそのままデスクの上に置いた。編集者の宮崎さんはいつもいきなり電話をかけてくる。電話に出られず悪い印象を与えることのないよう、仕事中でもスマホは手の届くところに置いている。

「ちょっと、福島くん。なんだこれは?」

ふと部長の席から野太い怒号が飛んできた。びくっとして福島さんは飛び上がり、小走りに部長の席へ駆けていくと、立ったままお説教を食らった。聞きたくなくても声が勝手に耳に入ってくる。どうやら出向役員報酬の計算を間違えたようだ。社員が数万人もいる大企業ともなると、本社の社員が子会社に出向して社長や取締役などの役員を務めることもままある。その際、法人税節税のために出向役員の賞与は一括支給ではなく、分割払いにしているようだ。担当ではないので詳しくは知らないが、分割払いにあたって細かい計算が要求されているらしい。そこの計算が間違ったため給与が正しく支払われず、出向役員本人からクレームが入ったのだろう。

子会社で役員を務めるくらいだから、当然偉い人ばかりということになる。そんな人からじきじきクレームが入ったなんて、なかなかのインパクトだろう。そもそもそんな大事な業務を入社一年目の新入社員に任せること自体おかしいかもしれないが、ここ数年間は人事部・総務部・経理部などの間接部門で人員削減が進んでおり、人手不足が深刻だ。研修体制もまともに整っておらず、ＯＪＴと称していきなり実務をやらされるから、ミスをするのも無理はない。気の毒だと思いながら、福島さんの席の方へ目をやる。すると、パソコン画面に作業中のエクセルがそのまま表示されているのを見て、思わず溜息を吐く。福島さんも福島さんで、抜けているところが多いのも事実だ。セキュリティ対策として、席を離れる時にパソコン画面をロックしておくというのが一応、社内のルールである。

「おはようございます」

その時、同僚の桜庭さんが出社してきた。桜庭千尋は部署内で私と一番歳が近い女性で、二十七歳の私より三歳年上だ。内勤であるのをいいことに、彼女は毎日女性誌の表紙に載るようなファッションで会社に来る。しかも同じ組み合わせを一度も見たことがない。

「佐藤さんって、いつも同じ服を着てるよね？」

と、彼女に言われたことがある。確かにその通りだ。なるべくコストがかからないよう、私は大抵の服をユニクロで揃えている。バリエーションを考えるのも億劫なので、会社に着ていけそうなアイテムを見つけたら大体同じものを何着も購入してそれを着回すようにしている。服は結局のところ、身体を隠すため、そして防寒のためにあるものに過ぎない。進化の過程でペンギンのような羽毛と厚い脂肪を与えられなかったから、人類は衣服を必要とする。であれば機能性こそ最重要視されるべきだ。文句を言われないよう会社には一応無難なものを着てくるが、ファッションだの、流行りだの、私にはよく分からない。私からすれば、服装にそれほど力を入れられる桜庭さんみたいな人の方が、よほど不思議だ。

「だって、おしゃれすると気分が上がるじゃない？　気持ちが華やぐというか、今日も頑張ろう、みたいな」

と桜庭さんが言ったが、やっぱりよく分からなかった。着ている服が華やかな花柄だろうが地味な黒一色だろうが、身体の重さは変わらない。重さを背負わされているという事実が変わることはない。

桜庭さんは自分の席にカバンを置くとこちらに近寄ってきて、

「なんか、朝からすんごい剣幕だね」

と、話しながら目で部長の席の方を示す。

「出向役員報酬でミスったらしい」

と私が言うと、桜庭さんは肩をすくめてみせた。

「それは大変だ」

そう言い残し、席に戻ろうとした時、何か思い出したように「あっ」という声を発してからまた話しかけてきた。今度は他の人に聞こえないよう、声を低く抑えながら。

「チョコのお金、佐藤さんまだでしょ?」

バレンタインが近いので、職場の女性陣でお金を出し合って男性陣にチョコレートを贈るという話だった。毎年の恒例行事であり、桜庭さんはその集金係だ。コンプライアンス上強制はできないので、一応幹事から女性陣全員にメールが行き、「賛同する方は返信ください」という形を取った。私は返信しなかったが、何故か賛同していることになっていた。とはいえわざわざ「賛同はしていない」と申し出るのもみみっちく映るので放っておくことにした。その結果、こうして取り立てが来たというわけだ。男にチョコレートを贈るなんて馬鹿馬鹿しいと内心毒づきながら、言われた通りの金額を差し出す。

同性愛者であることも、小説を書いていることも、会社の人には言っていない。恋人もいないのに陰口を叩かれるリスクを背負ってまで同性愛者だとカミングアウトするのが馬鹿馬鹿しいと思った。小説に関しては、そもそも会社は副業禁止なので秘密にしなければならなかった。

コアタイムになると、いつも通り部員全員が部長席の横にある小部屋に集合し、朝礼が始まる。部長の大して面白くない訓話の後、各課の課長や係長から業務進捗の共有が行われ、最後に部長の激励で締めるという流れだ。業務進捗の共有といっても、担当業務以外のことを聞かされてもちんぷんかんぷんだ。締めの話の中で、部長はわざとらしく「いつまでも学生気分が抜けない、みたいなことがないように」という一言を添え、福島さんの方角にちらっと目をやった。みんなの目線がそれとなく福島さんに集中した。福島さんは俯きながら地面を見つめている。

午前は課長と一対一の打ち合わせが入っている。等級改定申請書に関する報告だ。現場の管理職から上がってきた部下の昇級／降級申請書を確認するのが私の担当業務の一つである。申請書が上がってくると、内容を熟読し、不備がないか確認しなければならない。社員数が多いので、そうした申請は月に百件くらい上がってくる。昇級がインフレにならないように、場合によっては現場の管理職と打ち合わせをして事情を聞き取り、本当に昇級させる必要があるのか確認する。降級は減給に繋がるため労基法に抵触しないよう、尚更注意が必要だ。とはいえ、結局は現場の裁量権が優先されるので、上がってきた申請を人事部が却下することはほとんどない。それでもこの仕事がなくならないのは、現場の管理職権限の乱用を防ぐ抑止力になるからだ。要するに「申請を出しても絶対に通るわけではない、上ではちゃんとチェックしているからね」感を出すのが、私の仕事と言える。

「どうだった？　先週の説明会」

会議スペースに着席すると、課長は世間話の口調で訊いてきた。

「はい、順調でした。雪で大変でしたけど」

パソコンをモニターに接続しながら答えると、課長は満足げに頷いた。既に五十代半ばでお腹もだいぶ膨らんでいる部長とは違い、課長は四十代前半、まだ若さの余韻が辛うじて見て取れる男だ（人事システムで検索すれば、上司の年齢も住所も全て分かる）。

「今月の等級改定申請ですが、計七十三件上がってきています。昇級が七十件で、降級が三件です」

その七十三件の改定申請の一件一件に、数百文字でびっしり埋まっている申請書がついていて、職場の組織図も添付されている。「メディカル戦略プラットフォーム本部」「コモディティプランニング&デベロップメントグループ」「ビジネスアクセラレーション室」など、聞いたこともなくどんな仕事をしているかもイメージできない横文字だらけのそれらの組織名は、見るだけで眩暈《めまい》がする。それでも辛抱強く読まなければいけない。課長に改定申請の件数と内訳、概要を報告し、許可を取らなければならないからだ。

「ちょっと待って。今の申請書、もっかい出して」

言われた申請書を画面に映し出す。私にはごく普通の昇級申請に見えた。課長は両腕を組み、暫く申請書を読み込む素振りを見せた。そして、

「この申請、おかしくない？」

と、指先でモニターの画面を軽く叩きながら言った。「この申請内容って、職能制的な考え

方だよね？　うちは役割等級制を導入しているけど、この上司、そこの違いちゃんと分かってるかな？　確認はした？」

「いいえ、そこまでは……」

「それはまずいよ。会社の制度を現場に浸透させるのが我々の仕事だからさ」

課長はもう一度画面をとんとんと叩いた。液晶の表面に色鮮やかな波紋が広がって消え、脂っこい指紋だけが残った。「ちゃんと確認しといて、また報告して。他の案件は、まあこれでいいだろう」

「承知致しました。またお時間を頂きます。ありがとうございます」

課長が会議スペースから出ていくのを見送りながら、心の中の不毛感と苛立ちを何とか抑え込む。職能制とか職務制とか役割制とか、具体的にどう違うのか私にも分からないし、分かりたいとも思わない。どうせ却下はできず、結局は通すのだから、わざわざ手間暇かけて確認する意味が分からない。申請書を埋め尽くす事務的で無表情な文章にも飽き飽きしている。

それでも、会社にとっては不可欠な仕事だからこそ、給料を払ってやらせているのだろう。瑣末で、煩雑で、大して重要性はないが、不可欠な仕事だ。世の中はそういう類のタスクで溢れ返っている。寝ること、食べること、様々な種類の紙を文字で埋め尽くし、署名をし、鮮明な印影を捺印すること。席に戻り、等級変更の対象者をリストアップし、変更に伴う昇給・減給額の計算に取り掛かる。計算が終わってから、経理部や銀行に連携しておく。一段落した時、ちょうどお昼の時間になった。優香ちゃんと一緒にランチを食べる約束だ。

七階にある、ワンフロアを占める広い社員食堂は人が犇《ひし》めき合っており、様々な食べ物の匂いが混じり合って鼻を突く。ざっと数えて二、三百人はいる。社員食堂にアクセスできているのだから当然私とは同じ会社、少なくとも同じ企業グループの社員だろうが、ほとんど知らない顔だ。私から見て赤の他人でしかないこれらの人たちも、外から見れば同じ組織に属するメンバーであるという事実が不思議でならない。中には私が等級改定を手がけた人もいるだろう。私が進めた事務手続きによって生活が裕福になったり、逆に苦しくなったりする人もいるかもしれない。では私の小説を読んだ人は、中にはいるのだろうか？　いる確率は途轍もなく低い。二、三百人といっても、日本全体の人口を考えるとごく僅《わず》かな一握りだ。この世界には自分の経験と体感を遥かに超えるほどの人数が存在している。七十六億と数字にするのは簡単だが、一秒ごとに一人死ぬとしても全員死に絶えるまで二百四十年かかるという計算だ。しかし私の身体は僅か百年も持たない。作品世界に生きる人ならば、身体に依存する必要はないのだからいつまでも存在できる。人間が作品内で創り上げた人数と、現実世界を生きている人間の数とで、どちらが多いのかぼんやり考える。

「慶子ちゃん、お疲れー」

優香ちゃんに話しかけられ、微笑んで手を振り返す。席を確保してから、おのおの食べたいものを取りに行く。

社員食堂では、当日のメニューが入口付近のモニターに映し出されている。カレーライス、パスタ、ラーメン、丼物、様々な定食やお惣菜の小鉢など、種類が豊富だ。モニターを見つめながら何を食べようか迷っていると、「●●栄養大学監修　体にいい栄養ばっちりメニュー！」の宣伝文句が表示され、それを見るとまた気持ちが暗くなった。いくらメニューのバリエーションを増やしたところで、食事というのは結局身体への奉仕という、たった一つの目的のためにあると思い出す。

食堂で使われる食器の一つひとつにＩＣタグが埋め込まれていて、食後に社員証に内蔵される電子マネーで精算する仕組みになっている。適当なパスタをトレイに取り、先に席についた。優香ちゃんはまだ来ていない。エゴサをしようと反射的にスマホを探すが、職場のデスクに置いてきたことに気付き、少し焦る。手元にスマホがないと落ち着かないし、手持ち無沙汰で居心地が悪い。先に食べてしまうのも申し訳ないと思い、私は食堂をぼんやり見渡しながら優香ちゃんを待った。

「お待たせー」

トレイをテーブルに置くと、優香ちゃんはゆっくり椅子に腰をかけた。パスタ一本の私とは違い、彼女のトレイには小皿がいくつも載っている。冷奴、小松菜のお浸し、ポテトサラダ、味噌汁など、栄養バランスを考えた組み合わせだ。主食は白米ではなく五穀米なのも優香ちゃんらしい。

「いただきまーす」

そう言ってから、優香ちゃんは味噌汁を口に近付け、一口啜った。「おいしいー」

「そんなに？」ただの味噌汁なのにと、私は笑いながらからかってみた。「優香ちゃん、いつも大袈裟だね」

「ほんとに美味しいよ。これ、出汁がちゃんと取れてる」

優香ちゃんはいつも美味しそうに食べる。一杯五十円の味噌汁でも全身全霊で楽しんでいるような幸せな表情になる。世の中の人にとってそれは一つのチャーミングポイントかもしれないが、私にはどうしてもわざとらしく見える。

身体に食料を取り込むほど空しい作業はない。取り込んでも取り込んでも、身体は毎日食事という行為を要求してくる。身体は暴君で、私はその欲求を満たすための、ただのしもべだ。わざわざ大金をはたいて高級料理店に出向く人の気が知れない。いくら食事の見た目を華やかに取り繕っても、盛り付けに力を入れて豪華に見せても、身体に取り込むと限られた種類の栄養素に分解され、糞と尿となって排出される。身体の欲求を満たすという意味では、ミシュラン三つ星店に通う現代の小金持ちも、狩猟と採集に勤しんでいた太古の人間も、やっていることは同じだ。そんな単純な行為にいちいち格付けをし、作法だのマナーだのやたらと儀式張ったルールを作るなんて、馬鹿馬鹿しくて仕方がない。テレビ番組でたまに見かける美食評論家とやらも馬鹿馬鹿しくて、しかも自分自身の馬鹿馬鹿しさに全く気付かず、旬の食材だのガストロノミーだのマリアージュだの、一端の口を利いてあれこれ偉そうに物申している姿が痛々しく、そんな人間を恭《うやうや》しく奉る取り巻きもろとも観ていて苛立ちを覚えるし、うんざりする。

「あっ」

考え事をしながら咀嚼していると、思いきり下唇の内側を噛んでしまった。

「どうしたの？」優香ちゃんはこちらに目を向けながら首を傾げた。

「口の中噛んじゃった」

血の味が広がっているのを感じながら、水を一口含んで舌で転がし、噛んだ場所を口の中で洗い流しながら冷やす。消毒のつもりでやっているのだが、効果があるかどうかは正直よく分からない。身体の機嫌の取り方を私はよく知らない。

「痛そう。大丈夫？」

「とりあえず、まあ」大丈夫かと聞かれれば、大丈夫と答えるしかない。

「慶子ちゃん、食べるの速過ぎだよ」微笑みながら、優香ちゃんが指摘した。

言われて少し恥ずかしくなった。作業をこなす意識で食事に取り掛かると、どうしてもペースが速くなる。

「よく噛んで、ゆっくり食べた方が身体にいいよ」優香ちゃんがまた言った。

咄嗟に、反発したい気持ちになった。

「なんで身体にいいことしなくちゃいけないの?」

「え?」優香ちゃんはびっくりした表情でこちらを見た。

「長生きするためなの?」私は追い打ちをかけた。「優香ちゃんはそんなに長生きがしたいの?」

「長生きは……考えたことない、かな」

優香ちゃんは小松菜を口に入れ、ゆっくり咀嚼し飲み込んでから言葉を継いだ。「でも、身体に悪いより、身体にいい方がいいじゃん」

優香ちゃんのシンプルな言い分に、それもそうか、とあっさり引き下がる。実際に身体が癇癪を起せば、苦しむのは私だ。

優香ちゃんを含め、身体に対する思いは誰にも吐露したことがない。どうせ「せっかく親に五体満足で産んでもらったから感謝しなくちゃ」というふうに、幾重にも柔らかい綿でくるんただ非難の小石をぶつけられるだけだろう。実際その通りなのだから、反論する余地もない。生まれつき障碍や病気を持っている人と比べれば、私はもう十分幸運だと言わざるを得ない。

それでも、空々しくて白々しい感覚はどこまでも付き纏う。身体にうんざりしているのに身体に依存しなければならないのが空々しく、生まれた瞬間から途轍もない重さを背負わされ、たくさんの可能性を奪われているにもかかわらず、なおも自由意志があるかのように振る舞わなければならないのが白々しい。ほんとは自由なんかじゃないのに「お前は自由だ」と言われ、選択の責任を負わされていると考えると、嫌な気持ちになる。

向かい合って座っていると、視線が無意識に優香ちゃんの顔に向く。俯きながら箸でゆっくり食事を口へ運んでいる彼女は、長い髪の毛が顔の横に垂れ下がっており、横顔に陰を作り出す。二重瞼の縁には黒に近い紫色のアイラインが引かれていて、丁寧にマスカラを塗った長い睫毛は根元からきゅっと上を向いている。知らなかった頃は全く気にならなかったが、カミングアウトされると確かに顔の輪郭や肩辺りの骨格が少し男っぽく見える気がしてきた。とはいえそう見えるのは自分の先入観のせいかもしれないし、他人の身体をこんなふうにジャッジするのがそもそも失礼だ、とも思った。それでも、私より優香ちゃんの方が世間では「女らしい」とされているのではないか、とどうしても考えてしまう。線が細い、透明感がある、儚げな、そういった専《もっぱ》ら女子に使われるような形容詞はどれも私より優香ちゃんの方が相応《ふさわ》しいように思う。肌の潤いから髪の毛の艶、着ている服、メイクの仕方、会話中のちょっとした仕草まで、私は優香ちゃんには敵わない。少なくとも優香ちゃんなら、レズビアンの出会い系アプリで写真を交換するとブロックされるみたいなことは起きないのではないだろうか。

「うん？」

優香ちゃんに疑問の視線を向けられ、何でもない、と私は慌てて目を逸らした。


職場に戻り、スマホのロックを解除すると、不在着信が一件入っていた。詳細を確認すると、体温が下がっていくのを感じた。編集者の宮崎さんからだ。

小説の連絡だろうか。ボツを言い渡される可能性を考えると、心臓がバクバクする。すぐにでも折り返そうと思ったが、時間を確認するとまだ一時前だ。向こうもお昼の時間のはずだから、今からかけると逆に悪い印象を与えるのではないかと心配になる。少しでも早く折り返した方がいいのか、それとも午後の落ち着いた時間まで待った方が好印象なのか。一頻《ひとしき》り悩んだ末、空いている会議室に入り、折り返すことにした。

「もしもし、宮崎ですが」スマホから、宮崎さんの低い声が聞こえてきて、一瞬呼吸が止まった。

「あ、もしもし。あの、柳佳夜です」

話しながら、自分の声が緊張で強張り、上ずっていることに気付いた。胃の辺りの筋肉が引き攣《つ》っている。「あのう、先ほどお電話を頂いたようですが……」

「あ、柳さんか。あのね、こないだ頂いた小説なんだけども」

「はい」

「ちょっと話したいことがあるんで、一度会社に来てくれないかな?」

宮崎さんの声に混じって、電車の扉が閉まる前のピーッという甲高いアラーム音が伝わってくる。どうやら外出先のようで、集中しないとなかなか彼の声が聞き取れない。雑踏の音も聞こえるから、駅のホームにいて、歩きながら話しているのだろう。

「あのう、掲載はできそうですか?」

恐る恐る訊くと、宮崎さんは面倒そうな声で、

「それは直接会って話そう。これから打ち合わせなんであまり長電話できないから、とりあえず会社来てもらえる?」と言った。

「はい、ですが、今日の夜はちょっと都合が」

菜摘《なつみ》ちゃんが名古屋から東京に来るから、今晩一緒にご飯を食べる約束をしている。

「あぁ、別に今日じゃなくていい。今日はこっちも空いてないんで。来週とかどう?」

打ち合わせの日時を決めると、宮崎さんの方からプツンと電話が切れた。駅ホームの騒音の

名残りが耳の内側で木霊し、空っぽの会議室の中で、心臓の激しい鼓動が微かに空気を震わせる。スマホを暫く呆然と見つめ、そしていつもの手癖でエゴサした。

*

小説が文芸誌に載ってから、本屋に行くのが嫌いになった。

昔、本屋と図書館は大好きな場所で、たくさんの本に囲まれていると安らぎを感じた。それらの本の一冊一冊に、一つの精神が宿っている。肉体を持たない精神は時間と空間に縛られることもなければ、生物としての役割を押しつけられることもない。

私にとって、本とは精神の体現だ。身体に組み込まれた重さを思い知り、絶望して以来、純然たる精神が宿る場所としての本が唯一の救いになった。

もちろん、それらの本には一冊一冊著者がいて、それらの著者にも一人一人肉体が備わっていることくらい知っている。それでも、本に宿る精神は既に肉体から独立した存在になっている。肉体が老いて、衰えて、滅んだとしても、言葉で切り取られ、本として出来上がった精神はずっと残る。進化の過程や、生物としての役割とは全く関係のないところで、存在し続ける。精神の集積所としての本屋を、私は好きだった。

小説を書き、作家になりたいと思った理由もそれだった。身体の束縛から解放され、純粋な精神になることを夢想していた。言葉の世界に潜り込み、そこに一つの精神を作り上げると、身体の重さを忘れることができた。現実を生きる生身の自分はテント一つ張れないし、雨に降られると風邪を引くし、快適に感じられる気温の幅はせいぜい二十七度から二十二度の五度くらいだが、言葉だけの世界なら私はどこへだって行けるし、気紛れで一つの世界を出現させたり消滅させたりできる。砂漠、荒野、惑星、洪水、銀河、白夜、異界、魔境、ブラックホール、ダイヤモンドダスト——この身体の五感の遥か外側にある物事を、言葉一つで、いとも簡単に掌《てのひら》の上で転がして遊ぶことができる。

しかし、自分の小説が文芸誌に載ってからは、本屋に行くのが苦痛になった。そこで突き付けられるのは、自分の圧倒的な「不在」だからだ。どこを探しても私はいない。雑誌なんて一か月も経てば棚から消えてしまう。夥《おびただ》しい数の精神に埋もれて存在が掻き消されてしまう。一生を尽くしても決して読み切れない書物の山や、何十冊と平積みになっているベストセラーを目にすると、否が応でも自分のちっぽけさを思い出し、嫌な気分になる。

スマホを取り出し、エゴサをする。自身の不在を確認し、溜息を吐く。日本文学コーナーを見るともなしにぼんやり眺めていると、面陳されている川上冬華《かわかみふゆか》の新刊が目に入った。川上は現職弁護士の兼業作家で、司法修習生時代、法科大学院の学生と司法修習生たちの欲やいざこざを描いた小説で『群晶』新人賞を受賞し、作家デビューした。法曹界の内部事情に鋭く切り込む描写や登場人物のえげつない人間模様が話題を呼び、芥川賞と三島賞候補になり、ツイッター文学賞でも五位に上った。昨年秋に『群晶』で発表した二作目も芥川賞候補になり、数か月経った今でもその単行本はこうして本屋で面陳されている。版元が作ったポップもついており、ポップの中で、華やかな顔立ちの著者がこちらに向かって不敵な微笑みを湛えている。

「慶子ちゃん！　久しぶり！」

表紙の美しい装画に見惚れていると、背後から呼ばれた。振り返ると、ポップの中の人間が目の前に立っている。

川上冬華——山下菜摘は白いブラウスに紺色のジャケットとスカートというフォーマルな格好をしていて、女物の黒いビジネスバッグを肩にかけている。カーキのトレンチコートは折り畳まれて腕に抱えられている。

「菜摘ちゃん、久しぶり！」

菜摘ちゃんは大学時代一緒に小説の同人誌を作り、何度も即売会に出店した友達だ。大学卒業後に私は就職したが、彼女は法科大学院に進学し、二年半後には司法試験に合格し、司法修習を開始した。今は名古屋の法律事務所で働いていて、今日は出張で東京に来ている。久しぶりに一緒に食事しようということで、ここ新宿最大の書店で待ち合わせしたというわけだ。

「お、並んでる並んでるー」

嬉しそうな声で言いながら、菜摘ちゃんは書架に陳列されている自分の小説とポップを一頻り眺めた。「なんかこの写真、ちょっとブサくない?」

「そんなことないよ。綺麗だよ」

「そ?　ならよかった」

「菜摘ちゃん、売れっ子だね。うらやま」

「そんなことないって、まだまだだよ」

芥川賞候補に二回もなって、版元がコストをかけて写真入りのポップを作ってくれて、書店では作品がこんなふうに面陳されているのに、まだまだ、と言う。微かな苛立ちを覚え、私は黙り込んだ。

「慶子ちゃんも二作目、できたんじゃなかったっけ?」

「できたはできたけど、まだ掲載されるかどうか分かんない。来週打ち合わせ」

「うまくいくといいね。担当は誰?」

「宮崎さん。前と同じ」

「そう。さっき宮崎さんと打ち合わせしてきたばっかだけど」

そう言ってから、菜摘ちゃんは周りをぐるっと見回し、ある方角を指差した。「慶子ちゃんと約束があるから打ち合わせは新宿にしたの。あっちの、三越裏の喫茶店で」

その話を聞いて、更に気持ちが暗くなった。宮崎さんが「こっちも空いてない」と言ったのは、菜摘ちゃんとの打ち合わせが入っていたからなのか。しかも会社でではなく、菜摘ちゃんが指定した場所で。私にはいつも一言目で会社に来いと言うのに、菜摘ちゃんになら場所を合わせてくれる。作家の格の違いをまざまざと見せつけられるようで嫌な気分になり、身体の中で嫉妬がふつふつと煮《に》え滾《たぎ》るのを感じる。

しかしこの気持ちを菜摘ちゃんに見せてはいけない。菜摘ちゃんには頭が上がらない。菜摘ちゃんのコネがなければ、そもそも柳佳夜は存在しなかった。

「お腹空いた。ご飯行こ。歌舞伎町の方で霜降りのステーキの美味しい店予約してるけど、そこでいい？」屈託のない笑顔で菜摘ちゃんは提案した。

「値段はどれくらい？」払えないことはないと思うが、一応訊いておく。食事にかけるリソースは最小限に抑えたい。

「私のおごりでいいよ。今日は完全勝訴したから気分がいいの」

言いながら、菜摘ちゃんは階段を下りていく。私も後ろについていった。

夜の新宿は色めき立っている。街を彩る無数のネオンによって表情を鮮やかに染め上げられた通行人たちはおのおのの方向へ流れていき、どこかのビルに吸い込まれていく。道端に寄せられている積雪はところどころ黒く汚れている。ひんやりした外気に触れると私は大きなくしゃみをした。鼻水が盛んに分泌され始め今にも垂れてきそうなのを感じ、カバンからポケットティッシュを取り出して用意しておく。「寒い？」訊きながら、菜摘ちゃんはトレンチコートに袖を通し、ベルトを締めた。元々背が高いから、腰を絞ったシルエットはより一層スタイルがよく見える。平気、と私は答えた。

菜摘ちゃんが予約した店は「歌舞伎町一番街」のアーチのすぐ近くのビルの地下一階で、大手飲食チェーンとけばけばしい熟女キャバクラの看板に混じっていてあまり目立たない。菜摘ちゃんは看板メニューを頼んだので私もそうした。料理を待っている間になんとなくエゴサをかけると、

「慶子ちゃん、エゴサするんだ」

と、菜摘ちゃんにからかわれて少し恥ずかしくなる。

「菜摘ちゃんはしないの？」

「するよ、たまに。そして悪口を書く人を片っ端からブロックする」

菜摘ちゃんも悪口を書かれることを知り、少しほっとするような気分になった。そんな自分に罪悪感を覚えながら、しかしどんな悪口を書かれているのか想像せずにはいられない。そして、

「ネット上の悪口なんて相手にするだけ損だから、気にしない方がいいよ。ブロックで正解」と、分かったふうに言ってみる。自分は悪口を書かれるような人間にすらなっていない、という事実はなるべく思い出さないようにする。

私の薄っぺらな返答を気にする様子もなく、菜摘ちゃんは話題を変えた。「そう言えば慶子ちゃん、作家用の垢持ってたっけ?」

「持ってない」

「作んないの?」

「うーん、要らないかな」

「なんで?」

「なんとなく」

曖昧に答えたが、作家用のアカウントはない方がいいとはっきり思っている。柳佳夜のアカウントを作ると、佐藤慶子と柳佳夜は繋がってしまう気がする。別に繋がらなくていい。柳佳夜は柳佳夜として、実体を持たない存在としてネットの虚空、世界の片隅で生きていればいい。佐藤慶子でなくていい。

店員が持ってきてくれた紙エプロンをつけると、間もなくステーキが運ばれてきた。黒い鉄板の上で跳ねている小さな油の雫と肉の表面の白っぽい脂身を見ると、軽い吐き気を覚えた。

菜摘ちゃんはテーブルに置いてある「オススメ！　霜降りステーキのおいしい食べ方」の立て札を興味津々に読み込んでいるが、それを読むのも億劫で、適当にソースをかけて肉を切り始めた。

「あーあ、そんな切り方をすると、肉の旨味が逃げちゃうよ」

「そうかなぁ」

切りながら食べるのが面倒なので、まずステーキを全て一口大のブロックに切り刻んだ。菜摘ちゃんは「オススメ！」に書いてある割合でソースを調合し、おろし玉葱や大根おろし、大蒜《にんにく》を加えた。そして肉を一口切り取り、ソースをつけてから口に入れた。「うんうん」と何回か小さく頷いて唸ってから、テレビによくある芸能人の食レポみたいに大袈裟に目を見開いて「うーーんっ！」と間の抜けた長い声を発し、一拍置いて「うっわー！」と小さい「っ」をきっちり入れ、「おいしいー」と語尾を伸ばしながら呻いた。伸ばし棒の音階は半オクターブくらい上ずっているように聞こえる。

「おいしっ！　おいしいねこれ！　おいしくない？」

同じ言葉を連呼しながら同調を求めてくる菜摘ちゃんを鬱陶しく思いながら、その勢いに押されてフォークで肉を刺し、口に入れた。まずいとは思わないが、そこまで大袈裟なリアクションが必要とも思えず、「うん、おいしいね」と軽く相槌を打った。

「慶子ちゃん、テンション低っ」菜摘ちゃんは笑いながら言った。

「いつものことでしょ？　菜摘ちゃんこそ、大袈裟過ぎ」

「だって、おいしいって言っといた方がおいしく感じられるじゃん」

「そうかな」

「A5和牛だからおいしく食べないと損だよ」

おいしく食べるって何だよ、と思った。気分一つで食べ物の味が変わることなんてないのに。A5和牛だろうと海外輸入の安い肉だろうと、違いはよく分からない。霜降りステーキを何口か食べているうちに脂っこさが気持ち悪くなってきて、水を飲んだりソースを追加したりして何とか脂身のくどさを紛らわせた。結局口の中で広がるのは肉の味なのかソースの味なのか分からなくなった。

これらの肉だって、元は牛の身体の一部だ。身体を持ったことが牛の災厄のように思えてならない。恐らくどこかの畜産農家で、最初からその身体を食卓に供される目的で生まれさせられてきたのだろう。身体を持ってしまったがために、食卓に出されることが生まれてきた唯一の意味となった。別におセンチな感傷はないし、肉を食べることで罪悪感を覚えることもない。ましてやベジタリアンになるつもりもなければ、人道的な食肉生産とやらに興味があるわけでもない。食肉の運命を気の毒だとは思うが、身体に縛られることで不条理を強いられているという意味では、私も牛と同じだ。

「そうそう、この後ハプバーに行こうって思ってるけど、一緒に行かない？」

牛の身体だったものを頰張りながら、菜摘ちゃんは訊いた。

「ハプバーはパスで。明日も仕事だし。菜摘ちゃんは名古屋に帰らなくていいの？」

「明日も東京地裁で裁判だから、今日は夜通しで遊べるよ」

「やめとくよ。夜更かしはきつい」

「えー、せっかく東京に来たのに、付き合ってよ」

「そもそもなんでわざわざ東京のハプバーに？　名古屋にはないの？」

「あるけど、やっぱ東京のがいいよ。色んな人いるし。名古屋はマジでつまんない男ばっか。すぐ威張るし、ダサいし」

「ダサいとか、そういうのってよく分かんないけど」どうせ服を脱げばみんな同じなのに。

「なんつーか、育ちっつーか、経験っつーか。とにかく雰囲気違うんよ雰囲気」

「ふーん」

優香ちゃんとは違う意味で、菜摘ちゃんも身体を楽しんでいる。大学時代は毎週のように歌舞伎町に通っては行きずりの男と寝た。出会い系アプリで知り合ったセフレが何人もいるだけでなく、旅先やサークルの合宿でも夜になるとたまに一人で抜け出し、ネットで釣った男と遊んだ。東京のラブホならどこの何号室にどんな設備があるか、どこが綺麗でオススメで、どこが汚くて避けた方がいいか、そういった情報は彼女に訊けば大抵のことは分かる。

一回だけ、彼女に連れられて歌舞伎町のハプバーに行ったことがある。どうせ身体の関係を求める男女が集まるところだろうと思ってあまり気が進まなかったが、女が好きな女もたまにはいると言うのでついていった。期待半分、怖いもの見たさ半分だった。雑居ビルの六階の一角にある店で、ドアに貼ってある「会員制」のシールを全く気にせず、彼女は勝手知ったる友人の家を訪ねているようにドアを開けるなり「こんばんは」と言ってずかずか入っていった。入り口では年齢確認のため身分証明書を見せたが、お金は取られなかった。女性は入場無料らしい。

十坪くらいの店内は照明が暗く、スピーカーからはピアノの曲が静かに流れていた。カウンター席とソファ席があり、彼女は奥のソファ席で腰を下ろし、メニューも見ずにジントニックを頼んだ。私は彼女の隣に腰をかけ、飲み放題のドリンクメニューを一頻り眺めてからウーロン茶を注文した。入店して二十分も経たないうちに、彼女は男を一人引っかけて小部屋へ向かった。ついてきていいと言われたので私も入った。通称「ヤリ部屋」の三畳くらいの小部屋にはシーツの敷いていないマットレスが置いてあり、彼女と男はそこに身を横たえ、愛撫しながら互いの服を脱がし、ことを始めた。私は横で一部始終を見学した。途中でスタッフが入ってきて、タオルとコンドームを二人に渡した。絡み合って蠢いている二つの裸体を眺めながら、そのマットレスにはどれくらいの人間の体液が沁み込んでいるのだろうかとぼんやり考えた。

　行為はものの十五分で終わった。二人が服を着ている間、私は先に小部屋を出てソファ席に戻った。暫くして二人も小部屋から出てきて、スタッフから渡されたおしぼりで手を拭いた。男はカウンター席に座り、他の客と談笑し始めた。菜摘ちゃんはソファ席に戻ってきた。

「楽しいのかな？　こんなこと」

　先刻身体を重ねていた二人が今や素知らぬ顔で別々のところに座り、違う人と会話しているのを不思議に思いながら、菜摘ちゃんに訊いてみた。彼女は暫く考えた。

「楽しいっていうか、食事みたいなもんじゃない？　お腹空いたらご飯食べるでしょ？」

「毎日同じものを食べると飽きるってこと？」

「そういうこと」彼女は満足げに頷いた。

　要するに菜摘ちゃんにとっては性欲も食欲も同じようなもので、どちらも当たり前の欲望であり、それを満たすためなら時間も労力もお金も惜しまない。

　その感覚が私にはよく分からない。別に食事だって、毎日同じものを食べていても一向に構わない。所詮身体への奉仕に過ぎず、毎日繰り返される定常作業なのだから、時間もお金も使えば使うほど無駄になる。身体という暴君に毟《むし》り取られるリソースは最小限に抑えたいと常々思っているが、現実的には同じものばかりを食べると栄養バランスが崩れて自分を苦しめることになるから仕方なく幾許《いくばく》かバリエーションを増やしているだけだ。

本当に嫌らしいと思った。菜摘ちゃんがではなく、身体が、だ。突き詰めていけば、身体の存在理由は結局は種の存続とＤＮＡの複製にある。そんな大それた任務の完遂のためにあの手この手を使ってくる。食欲を駆使して人間に摂食を強い、性欲を生み出して繁殖するよう仕向ける。満たしてあげると満腹感や快感といったご褒美が出るが、さもないと様々な不調を起こし、人間をねじ伏せる。身体に宿る食欲と性欲を嫌らしいと思いながら、それに従わざるを得ない自分自身が惨めで仕方がない。つまるところ、私は身体に手なずけられ、飼い馴らされる愛玩動物のようなものかもしれない。

せめてもの抵抗として、身体の欲求を積極的に満たすことはなるべく避けるようにしている。性欲を感じる時はいつも安物のバイブで手早く済ませる。身体は知性を持たない暴君だから大抵の場合それで誤魔化せるが、どうしても人肌恋しくなって耐えられない時もある。女同士の性交は生物としての役割に寄与しないから、それをしたところで身体に屈従したことにはならない、などと自分なりに理屈をつけて、レズビアンの出会い系アプリで相手を募集してみたことがある。応募してくれた何人かは写真を交換すると連絡が途絶えた。メッセージを送っても一向に既読がつかないから明らかにブロックされていた。辛うじて一人とリアルする約束を取り付け、歌舞伎町のラブホで会うことになった。菜摘ちゃんから聞いたおすすめのラブホを先方に提案したら、快諾してくれた。

約束当日は緊張していて、三十分も早く着いてしまった。私にしては珍しくフルメイクをし、衣装ケースの底から引っ張り出したレースのワンピースを着ていった。相手に部屋番号を連絡し、先に部屋に入った。菜摘ちゃんのおすすめだけあって、ラブホの内装と設備は立派に整っていた。ふかふかのダブルベッドに赤の革張りソファ、五十インチはある液晶テレビ、そして綺麗なシャンデリア。洗面台の横には色とりどりなアメニティが置いてある。広いバスルームにはジェットバスが備わっており、こちらにも液晶テレビが取り付けられている。小型自動販売機が一台あって、飲み物の他にバイブといったアダルトグッズも売っている。ここで行われているであろう行為の原始性――それこそ太古の人間が荒野や洞窟の中で行っていたのと全く同じ行為だ――を考えると、目の前の小綺麗な箱も少し滑稽に感じられてきた。そしてそんな行為のためにわざわざこんなところまでやってきた自分も可笑しくて仕方がない。

約束の五分前になり、もう一度メッセージを送った。

〈場所分かりますか?〉

すぐメッセージが返ってきた。〈大丈夫だと思います!〉

あと数分で相手が到着する。これから起きることを想像しながら、頭の中でシミュレーションしてみる。受付から連絡が入るのだろうか、それとも直接部屋に来るのだろうか。どちらにせよ余裕のある表情と振る舞いで出迎えたい。「初めまして、ケイです」と笑顔で挨拶したい（「ケイ」は出会い系アプリで使っているハンドルネームだ）。コートとカバンは先にクローゼットにしまっておいた。冷蔵庫の上に置いてあったフリードリンクは机の上に移し、いつでも差し出せるようにする。何度も鏡を覗き込んで、前髪が乱れていないか、唇が荒れていないか確認する。相手が着いたらまずシャワーを浴びるだろう。別々で入るのか、それとも一緒に入るのか。あの広いバスルームなら二人で一緒に入っても充分余裕があるはずだ。相手さえよければ一緒に入りたい。どんな言葉で相手の意思を確認すればいいだろう。シャワーを浴びた後はどんな言葉でベッドに誘えばいいだろう。菜摘ちゃんがハプバーでやっていたことを思い出してみる。二人が会話を始めるところから身体を重ねるところまでの流れがあんなにも自然に見えたのに、いざ自分でやろうと思うとどうすればいいか全く分からない。流れに任せればいいのだろうか、それとも主導権は相手に委ねるのがいいのだろうか。

あれこれ考えているうちに、気付くと約束の時間を五分過ぎていた。メッセージを送ってみる。

〈そろそろ着きそうですか?〉

〈ひょっとしたら道に迷っていますか?〉

〈場所が分からなかったら言ってくださいね。位置情報送りますよ〉

〈●●●号室でお待ちしてまーす〉

返事がない。既読もつかない。

きっと必死に道を探していてスマホを見る余裕がないのだろう、そう思いながら待ち続け、五分おきにメッセージを送って状況を確認した。既読がつく気配がない。約束の時間を三十分過ぎてから、ようやくすっぽかされたことを確信した。

恐らく最初からすっぽかすつもりだったのだろう。思い返せば、相手が本当にこちらへ向かっていたという保証はどこにもなかった。自宅のベッドで寝転がりながら〈今向かってます！〉〈あとちょっとで着きます！〉とメッセージを送っている相手の姿がありありと思い浮かぶ。

ふとした思いつきで、写真交換の際に相手から送られてきた顔写真をグーグルの画像検索にかけてみた。案の定、同じ写真がすぐにヒットした。聞いたことのない地方の街のキャバ嬢だった。相手は最初から顔を合わせるつもりなどなく、写真を交換する時もネットで適当に拾ったキャバ嬢の画像を送ってきたというわけだ。

全くタチの悪いいたずらに引っかかったものだ。

頭が空っぽになり、全身が虚脱感に覆い尽くされた。しかしそれと同時に、どこかほっとしてもいた。性欲はとっくに霧散していた。

部屋を出る前にアメニティを漁り、欲しくもないのに腹いせで全部持ち帰った。大雪の日に使った入浴剤はそのとき持ち帰ったものだ。

菜摘ちゃんなら、きっとこんないたずらには遭わずに済んだのだろう。私とは違い、彼女の身体には価値がある。欲求の対象として、価値のあるものとして値付けされているし、彼女自身もそうした値付けを楽しんでいる。価値があるとされる身体は、いたずらの対象にしては勿体ない。価値がないとされる身体は、いたずらの対象にしかならない。下唇の、昼間嚙んでしまった場所がひりひり痛んでいるのを感じながら、そんなことをぼんやり考えた。

身体を持つことの宿命。世界中の人間がみなこの宿命を受け入れ、何の疑問も思わず生きていることが不思議でならない。

＊

『群晶』編集部の会議室の中で、宮崎さんはふんぞり返って座っている。

「ふんぞり返って」というのはあくまで私の感じ方であり、実際には足を組んで、椅子の背もたれに背中を目一杯預けているだけかもしれない。机の上には紙の束が横たわっている。私の原稿である。

編集者と作家は別に上司と部下ではなくあくまで仕事相手のはずだが、宮崎さんは五十歳前後の男性ということもあり、両頬とお腹に贅肉がつき、短く刈り上げた髪の毛も塵が積もっているようにところどころ灰色になっているその風貌は、どうしても自分の部長に重ねて見てしまう。そもそも三十歳半ばを過ぎた男性の顔は私にはどれも同じように見える。部長くらいなら自分の一存で部下をクビにすることはできないが、宮崎さんは私の原稿の生殺与奪の権を握っている。『群晶』に切り捨てられたら、柳佳夜は行き場を失くしてしまう。そういう意味では宮崎さんとの打ち合わせの方が遥かにストレスが溜まる。

少しでも分をわきまえているというふうに見えるよう、私は手を膝の上に置き、背もたれを使わず浅掛けしている。机の向こう側に座っている私には目もくれず、宮崎さんは原稿を睨みつけながら、手に持っている万年筆の先で原稿をとんとんと音を立てて叩いている。それは彼の癖だ。何か考え込んでいる時、彼はいつも指かペン先で原稿や机をとんとんと敲《たた》く。文章を吟味することの「推敲」を「推稿」だと勘違いする人がたくさんいるが、彼の場合は「推稿」ならぬ「敲稿」だ。

「悪くはないけどさ、なんというか……身体性が足りないって言うべきかな」

万年筆を机に置き、原稿をぱらぱらめくりながら宮崎さんは言った。「前回のアレ、タイトル何だっけ、鳥殺し？　もそうだけど、柳さんの小説はどうも観念臭いんだよな。主人公が身体を持った実存として生きている感じがしない。いや、観念的というか、思弁的な小説でも別にあっていいと思うんだけどさ、柳さんは女性なんだから、もっと女性の身体性というか、女性特有の身体感覚を活かして書いた方が読者に刺さるし、読んでいてしっくり来ると思うんだけどね」

シンタイ、という言葉の帯びるインテリっぽい仰々しさとは裏腹に、その響きは耳元をすっと掠めていき、意味を摑みそびれた。頭の中で、意識がポーンと警笛のような音を鳴らしながら遠退いていき、靄の中に隠れてしまう。真正面から受け止めるにはあまりにも辛い言葉を耳にした時、意識はしばしばこのような防衛本能を発動させる。言葉の意味を掬い取らず、音だけを素通りさせていく。

下唇の内側に激しい痛みが走った。舌先をそっと当てると、粘膜の表面が凹んで傷口になっているのがはっきり感じ取れる。先週嚙んだところは結局口内炎になり、薬を買いに行くのが億劫で放置したらなかなか治らず、一週間経ってもひりひり痛んでいる。そろそろ薬を買いに行かなきゃと思いながら、私は必死に無表情を貫き、宮崎さんの顔の真ん中あたりをまっすぐ見つめた。

心ここにあらずと思われてはまずいと、防衛本能に抗いながら無理やり意識を集中させ、もう一度宮崎さんの言葉について考えてみた。しかし何を求められているのかよく分からなかった。身体を持つことにうんざりし、精神だけの存在になりたかったから小説を書いているにもかかわらず、小説の中でさえ身体を持たされるのか。身体を持つ存在として苦しまなければならないのか。

私が黙っていると、宮崎さんは話し続けた。

「今回は何故か痛覚を持たない女子高生が主人公で、主人公は周りから聞かされる『痛覚』の存在に戸惑って、自分にとって痛みとは何なのかを自分なりに探っていく話なんだけど、こんなテーマだったらもっと身体性を感じさせることができると思うんだよね。痛みって言っても、色んな種類と意味合いがあるんじゃない？　そこんとこもうちょっと掘り下げてもいいんじゃないかな。特にこの主人公は女性だから、生理の問題もあるし――」

「女性ではないです。確かに高校生ですが、小説の中では性別は設定していません」

一体何を読んでいるのか、あなたの目は節穴か。頭の中でそんな言葉が浮かんだが、当然口にはしなかった。

私の指摘に、宮崎さんは少し戸惑った表情を見せた。

「あ、そうだったの？　でもまあ、作者は女性だから、大抵の読者は女性だと思って読み進めると思うよ。別に生理とか書かなくてもいいけどさ、痛覚に隣接する諸身体感覚の描写にもうちょっと力を入れたらどう？」

ツウカクニリンセツスルショシンタイカンカク、という響きを頭の中で繰り返し再生した。どういう意味かよく分からない。ただそれが言いたかっただけだろうと思ったが、こちらも口にはしなかった。

「分かりました。もうちょっと考えて、直してみます」

いかにも物分かりのいい新人作家らしくそう言ってから、やはり我慢できずに訊いてみた。

「直したら、いつ頃掲載できそうですか？」

批評家気取りはいいから、一番知りたかったのはそれだった。柳佳夜は存在し続けられるかどうか、私にとってそれが一番大事なのだ。

「それは原稿の出来次第で、今のところ何とも言えないけど」

宮崎さんは面倒くさそうに眉を顰めながら言い、暫く何か考えてからまた付け加えた。「まあ、ぶっちゃけ悪くはないけどね、新人賞を取ってないから載せづらいってのはある。賞を取ってない新人作家はどうもパッとしないからね、新聞の時評にあまり取り上げられないし、芥川賞候補にもなりづらい。新人作家にはやはり芥川賞を目指してほしいからね。史上最年少とか著名人とか、文豪の子孫とかでもいいからさ、なんかそういう話題性があったらまだやる余地はあるけど。こないだ芥川賞を取った外国人みたいに、今の時代は何でも話題性が大事だよ。

人によっては顔写真つきのポップで売る方法もあるけど――」

そこまで言って、宮崎さんは急にきまり悪そうに話すのをやめ、机の上の原稿に視線を下ろした。私の顔に視線が向かないようにしているのだが、それもわざとらしく感じられて白々しかった。顔が熱くなり、口元の肉が垂れていくのを感じる。

「そうそう、セクシュアリティの問題を取り入れてみたらどう？」

取り繕うような笑みを浮かべながら、宮崎さんは提案した。「その方が切実感がよく伝わると思うんだ。柳さんはＬＧＢＴの人だよね？」

その言葉に軽い眩暈を覚えた。レズビアンであることは宮崎さんには言っていない。別に隠すつもりはないが、小説を見てもらう上で必要な情報だと思わないので言わなかっただけだ。恐らく菜摘ちゃんから聞いたのだろう。性的指向を勝手に伝えられたことによる苛立たしさと同時に、「ＬＧＢＴの人」って何だよ、「老若男女の人」くらい意味不明なんだけど、というツッコミが心の底から湧き上がる。

しかしそれよりも、私の小説は私という人間の特異性を前面に出さなければ読んでもらえないと思われている、そのことが悲しかった。

「思いつきで言わないでください。そんな単純なことじゃないんです」

宮崎さんをまっすぐ見つめながらそう言うと、彼は面白くないというふうに表情を曇らせ、両目に暗い光がちらっと閃いた。興醒めとも軽蔑ともつかないその一瞬の反応を、私は見逃さなかった。胸の辺りがびくっと震えた。

「あ、そう。まあ、無理にとは言わないけどね」

宮崎さんと話していると、値踏みされている感覚がはっきり伝わってくる。商品としての価値が見積もられ、その値付けに応じて処遇が決められる。出身から血筋、年齢、性別、経歴、知名度、容姿、受賞歴、セクシュアリティまで、全てが値付けの判断材料になる。私が書いたものは、結局私の身体と同様、値付けの対象としてしか存在しえない。

ドラマで見るような、作家と編集者との濃厚な付き合い、そんな麗しい相思相愛の関係性は単なるフィクションであると思い知った。作家の才能に惚れ込み、自腹を切ってその生活を支えたり、原稿を取り立てるために家へ駆けつけたり、スランプに嵌まった時には励ましながら共に苦しんだりする古風な編集者は、売れたもん勝ちの今の時代には相応しくない。喀血し、命を捧げてまで原稿に全身全霊を注ぐ古風な文豪はもういないのだから当然と言えば当然だろう。とは思ったものの、ひょっとしたら編集者を惚れ込ませるほどの才能が自分にはないだけの話かもしれない。宮崎さんからすれば、私なんかは多額のコストをかけた新人賞で発掘した期待の新星についてきたこぶみたいなものだから、原稿を見てもらえるだけでありがたく思うべきかもしれない。

「じゃ、こんな感じかな。これを直すのもいいし、一旦横に置いて別のものを書くのも構わない。書いたらまた送ってください。いつでも待っています」
原稿の束を指でとんとんと敲きながら宮崎さんは言った。私に対しては一貫してタメ口だったが、何故か最後だけ敬語になっていた。
もう少し粘ろうと思ったが、宮崎さんが立ち上がったので私も席を立つしかなかった。会議室を出て、エレベーターに乗せられ、一人で一階に下り、外に出た。空気が籠もる会議室にいたからか、掲載の確約を取り付けられなかった落胆によるものなのか、酸欠のように頭がふわっとしている。空を見上げると月はなく、ドーム状の深い闇が地上に覆い被さっている。溜息を吐くと、白い空気の柱が吐き出される。
放心状態のまま駅へ向かって歩いている途中、習慣的にカバンからスマホを取り出してエゴサをかけた。すると、表示される検索結果に思わずきょとんとした。
〈鳥が憎い、殺したい
少年の飛びたい願望は
殺意となり身を滅ぼす
#柳佳夜　先生の詳細解説←
（長いＵＲＬ）

これがあなたの生きる道☆
未来を変えなきゃ♪
#読書 #清く正しく美しく #5分で判る作家の命運〉
もし自分の顔が見えるなら、きっと目が点になっていたと思う。ハッシュタグとURLで文章の半分が青字になっているこのツイートを投稿しているのは、「幸福発電所@命運向上委員会」という名前のアカウントだった。タイムスタンプは三時間前。ご丁寧にも「鳥殺し」が掲載された『群晶』の表紙の画像まで添えられていた。

そのアカウントのプロフィール画面に入ると、こんなことが書かれていた。

〈○作家さんの命運を5分で解説♪ 過去を振り返らず未来を悔やまず感謝を忘れず「清く正しく美しく」幸福を発電し命運を向上しよう♪ フォロバ100% #読書垢 #読書好きと繋がりたい〉

何が言いたいかさっぱり分からない胡散臭くもどこか不思議な文面に呆気に取られ、ツイートを遡ると、色々な作家の書影とともに似たような内容ばかり投稿されている。怪しい新興宗教か、それともただの変わった読書アカウントなのか測りかねた。

検索結果画面に戻り、エゴサで引っかかったツイートを見つめた。暫く迷ったが、自作への感想が読みたいという誘惑には勝てず、「#柳佳夜 先生の詳細解説」のリンクをタップしてみた。

　すると、「清く正しく美しく〇幸福発電所↓命運向上委員会」という名前のウェブサイトが表示された。色やフォントなどの文字修飾と、様々な特殊記号と絵文字を大量に使っており、風俗の無料案内所みたいなダサくていかがわしいけばけばしさを漂わせるサイトだった。「柳佳夜〇鳥殺しの叶わぬ願望」というタイトルの下に、こんな文章が綴られていた。

〈〇ＤＮＡ「調」の孤独的創造年だった昨年のありえない火性の半会月に発売された、ある意味ありえないＤＮＡ「車」の守護神天冲殺日に発売された『群晶』に掲載された、柳佳夜の「鳥殺し」を、ＤＮＡ「龍」日に読んだ。同作は、空を飛びたい少年が鳥を殺すことで願いを叶えたいと願いつつ、堅実性もなく家庭的な面もなく、自己中心的な威勢の良い現実に備える準備もなく、圧倒的存在感を有する強面の子丑天冲殺によって破滅する話で、「調＋車」は夢から覚める宿命の場所、正常人とは異なる不可思議な願望に向かったのは、これが原因。

……〉

　間違いなく私の作品に向けて書かれたそんな不穏な怪文書を数行読んだだけで頭がくらくらしてきて、言語感覚が狂いそうになった。同時に、誰かが暗がりの中からこちらをずっと見つめているような、得体の知れない不気味さを覚えた。リンクにアクセスしたことを後悔しつつ、慌ててサイトを閉じた。そして、まるでこうすれば見なかったことにできるとでもいうように、

「幸福発電所@命運向上委員会」というアカウントを素早くブロックした。

怪文書ツイートが消え、〈図書館で「群晶」読むぞ〉のツイートが検索結果画面の一番上に戻った。

＊

口内炎が治った頃には、くしゃみと鼻水が止まらなくなった。

かんでもかんでも鼻水は流れてくる。耐えても耐えても数分おきにくしゃみに襲われる。鼻はむずむずし、目は痒くなり、喉は砂埃が粘膜にべったり張り付いているような異物感がして気持ち悪い。薬を飲むと症状は一時的に緩和するが、完全には治らない。

花粉症で苦しむ三月から五月は、ちょうど人事部の繁忙期に当たる。新年度が始まるタイミングで異動や昇進、海外赴任、組織再編といったケースが多く、それに伴って業務が大量発生するし、オリエンテーションや研修など新入社員を迎え入れる準備もしなければならない。更には夏の賞与支給に向けて人事考課を行ったり、考課に偏りがないよう部門間で調整したり、支給月数について組合と交渉したりする必要がある。部署のメーリングリスト宛てのものも計算に入れるとメールは一日に百通は来ている。急増する業務のせいで職場の空気はどこかピリついている。他の人に確認したいことがあっても話しかけづらいし、昼食の時間になってもみんななかなか席を立とうとしない。電話が鳴る頻度は高く、管理職たちは深刻な表情で忙しなくあちこち歩き回り、残業しない日はほとんどない。普段は華やかな服装で出社している桜庭さんも組合交渉がある日はフォーマルな黒スーツで来ているから、職場全体の彩度が下がったように見える。一番大変なのは下っ端の福島さんで、電話がかかってくるたびに作業を中断して対応しなければならないし、三日に一度は何らかのミスで部長に怒鳴りつけられる。

「佐藤さん、すみません。ちょっといいですか?」

新年度に入ってからのある日、午後の比較的落ち着いている時間帯に、恐る恐るというふうに福島さんが話しかけてきた。手が離せない作業をしているから正直応答するのが面倒くさいが、偉そうだと思われたくないのですぐに「はーい」と明るい声で返事した。喉がいがいがして喋りづらく、異物感で咳が出そうになった。一旦作業している手を止め、椅子を半回転させて彼と向き合う格好となった。しかし、私の顔を見るなり福島さんはびっくりした表情になった。

「佐藤さん、どうしたんですか?」

「どうしたって?」

コンパクトミラーを覗き込んではじめて、目が真っ赤になっていると気付いた。花粉症で痒かったけど、目薬を持っていないからずっと目を擦っていたせいだ。

「ああ、花粉症。気にしないで」

それを聞いて、福島さんは安心したようだった。

「一瞬、泣いているのかと思いました。ごめんなさい。あっ、出向役員の件ですが……」

報酬の計算に必要だから、四月一日《いっぴ》付で昇級したり、新たに就任したりした出向役員の改定後給与情報を送ってほしいとのことだった。共有フォルダに入っているからリンクをメールで送るね、と言うと、福島さんはお礼を言って自席に戻った。彼を呼び止めるべきかどうか迷ったが、やめることにした。

席で丸まっているその背中を見つめていると、前より小さくなったなと感じた。

数日前に、部員がほとんど退社し、部内では私と福島さんだけが残業していた夜があった。仕事が一段落し、そろそろ帰ろうと思って福島さんに挨拶しようとしたところ、彼がいないことに気付いた。カバンが席に置いてあるし、パソコンの電源も入ったままだからまだ会社にはいるはずだ。夜十時半を過ぎているから社員食堂はとっくに閉まっている。福島さんは喫煙者じゃないからたばこ休憩ではない。どこかで息抜きしているだろう、そう思いながら荷物を片付け、オフィスを離れてエレベーターホールへ出た。

すると、エレベーターホールの横のトイレから、獣の唸り声みたいな低い声が微かに聞こえてきた。エネルギー節約のため、エレベーターホールの照明は暗くなっていた。トイレの電気もついていなかった。何の声か分からず、一瞬、全身の肌が粟立ったのを感じた。暫くして落ち着いてくると、それがだんだん人間の声に聞こえるようになった。ゆっくりトイレの方へ近付くと、声が男子トイレの方から伝わってきたのだと分かる。

それは獣の唸り声ではなく、人間の泣き声だった。嗚咽混じりで、時々えずく声も入っている男性の慟哭《どうこく》だった。声の主は当然、福島さんだった。

男子トイレには入れないし、外から声を張って彼の名前を呼ぶのもどうかと思った。同じフロアの社員はほとんど帰宅しており、助けを求められる人はいない。どうすればいいか分からず、私はトイレの外で数分間立ち尽くした。その間も泣き声は続いた。

暫くして、はたと思った。もし会社のトイレに籠もってこっそり泣いているのが自分だったら、トイレから出た時に誰かがそこで待ち構えていて、しかも気遣わしげな目線を向けてくるのはきっと、気まずくて耐えられない。そう考え、私はそそくさとエレベーターに乗り込み、その場を離れて会社を出た。

四月になってもひんやりしている夜の外気に触れるや否や、またいくつもくしゃみを連発した。

「私だったら、そっとしておいてもらいたいかな」

ひじきの煮物を咀嚼しながら、優香ちゃんが言った。「気を遣ってほしくないからトイレでこっそり泣いているんじゃない？　触れられたくないことは誰にでもあるし、無闇に踏み込むと逆に相手に色々考えさせて、ストレスになることもある」

福島さんのことは部署内の人間には言えないので、違う部署の優香ちゃんに相談してみた。同じフロアとはいえ、部署が違えば交流はほとんどないので、福島さんについて優香ちゃんも「慶子ちゃんの同部署の後輩」くらいの認識しか持っていない。

「それもそうか」

私はカレーライスを口に運んだ。何口か食べるたびに喉の違和感が強くなってくるので、その都度水を飲まなければならない。お腹は張るような鈍い痛みを覚え、こめかみ辺りもずきずきしている。生理前のいつもの症状だが、花粉症とのダブルパンチとなるとやはりきつい。新入社員が入ったばかりだからか、食堂は前より賑々しくなっており、その喧騒が神経を逆撫でしているようでいらいらする。「でも逆に、気付いてほしいからわざわざ同じ階のトイレで泣いていたって可能性はないの？　私だったら、本当に気付いてほしくないなら別の階に行くよ」

優香ちゃんは首を傾げ、暫く考える素振りを見せた。

「それはないと思うよ。同じ階のトイレといっても、慶子ちゃんの席とはだいぶ距離があるでしょ？」

優香ちゃんの言う通りだった。私たちの部署があるフロアは広く、人事部、総務部、経理部だけでなく、基金や健保の運営スタッフなど、バックオフィス系の部署のほとんどが入っているから、ざっと二百人はいる。フロアが広い分、トイレとの距離も遠い。私や福島さんの席から最寄りのトイレへ行くには歩いて三分くらいかかる。他の階へ行こうと思うと、もっと時間が必要になる。

「それに」

優香ちゃんは視線を落として俯き気味になり、いつになく寂しげな表情になった。「急に泣きたくなる時は、本当に少しでも我慢ができないの。くしゃみみたいにね、涙が身体の中から咄嗟に湧いてきて、気が付くとぽろぽろ落ちている。他の階へ行こうとか、誰に気付かれてほしいとかほしくないとか、そんなこと考える余裕なんてないの」

話しながら、優香ちゃんは今にも泣き出しそうな表情になり、私は慌ててかけるべき言葉を探した。優香ちゃんとはそれなりに仲良くしているし、彼女が過去にいじめに遭っていたのも知っているが、詳しい話は聞いていない。どんないじめに遭い、それがどんな傷跡を残したのか。彼女がそれをどのように乗り越え、あるいは今でも乗り越えられずにいるのか、私は何も知らない。それが優香ちゃんにとっての「触れられたくないこと」だと直感していたからこそ、無闇に詮索せず、踏み込まず、何も知ろうとしないまま彼女と付き合ってきた。それなりにうまくやれていたと思う。しかしそんな付き合い方では、こんな場面にかけるべき正しい言葉なんて出てくるはずがないことを、優香ちゃんの悲しげな顔を見て改めて突き付けられた。

優香ちゃんは泣かなかった。目を潤ませながらすんでのところで耐えきり、口元を吊り上げて笑顔を作ったが、泣き顔より寧《むし》ろ無理やり絞り出したようなその微笑みの方が痛々しく感じられ、私までもらい泣きしそうになった。

「まあ、本当に親しい人なら別だけど、その後輩くんとはそうじゃないでしょ？」

優香ちゃんにそう訊かれ、私は頷いた。

「たぶん、会社の人間て感じ。こっちからしても、向こうからしても」

「私だったら、会社の人間には心の中まで踏み込んでほしくないかな」

言いながら、優香ちゃんは箸で揚げ豆腐を切り、それをお茶碗に入れて五穀米と混ぜ、一緒に口へ運んだ。ついさっき目の中に溜まっていた液体はもう消えている。「その代わり、向こうからSOSを出してきたらちゃんと手を差し伸べようね」

優香ちゃんの言う通り、私は福島さんの教育係でも上司でもなく、たまたま同じ部署に配属された、彼より何年か早く入社した人間に過ぎない。普段も特段親しくしているわけではなく、お互い「会社の人間」でしかない。そんな私が変に気遣うと、彼にとっては逆に負担に感じるかもしれない。彼がトイレに籠もって泣いていたことを私が知っていると彼に知られれば、お互い気まずくなる可能性が高い。

「分かった、もう少し様子を見るね」

「とりあえずそれでいいんじゃない？」

そう言ってから優香ちゃんはまた暫く考え、そして言葉を継いだ。「まあ、ほんとに気がかりだったら、もう少し優しくしてあげたら？　慶子ちゃんは人間に興味がなさ過ぎるのよ」

優香ちゃんの言葉にはハッとした。お昼を完食し、精算の列に並んでいる最中もその言葉について繰り返し考えた。自分は人間に興味がないのだろうか。人間に興味がないのに小説を書こうとしているのか。人間に興味がないからこそ身体性が感じられない小説ばかり書いてしまうのだろうか。もう少し他人に興味を持ったら、宮崎さんにも認めてもらえるような小説が書けるのだろうか。

しかし、興味の持ち方が分からない。他者は精神が見えず、心の在り処も分からない存在だから、必然的に身体としてしか認識できない。自分の身体すら鬱陶しいと思っているのに、他人に対してどう興味を持てばいいのだろうか。

満腹がもたらした眠気に耐え、お腹あたりの鈍い痛みに耐え、両目の痒みにも耐えながら、食堂を出て職場へ戻ろうとした。エレベーターに乗り込む前に考え直し、食堂の横のコンビニに入り、お菓子の棚で暫く迷ったところ、キットカットを一つ購入した。職場に着いた時、福島さんはまだ席に戻っていなかった。付箋を一枚取り、

〈福島くん、最近は大変みたいだけど頑張ってね〉

とボールペンで走り書きしたが、暫く考えてからそれをくしゃくしゃにして捨て、

〈福島くん、これ食べて元気出そう〉

と書き直した。私は普段、彼のことをさん付けで呼んでいるが、付箋では敢えてくん付けにした。署名も敢えてしなかった。身体でしかない他人に対しては、その身体を労わることしかできない。付箋とキットカットは彼の机に置いた。

スマホを手に取り、暫く迷ってからツイッターを立ち上げ、エゴサをかけた。繁忙期に突入してからは残業や休日出勤が増え、小説を書く時間がほぼ取れなくなった。いくらエゴサをしても例の〈図書館で「群晶」読むぞ〉ツイートしか出てこないから、うんざりしてここ最近はやっていない。

久しぶりに行ったエゴサの結果を見て、頭が真っ白になった。画面にははっきりと、

〈「柳佳夜」の検索結果はありません〉

と表示されているのだ。例の〈図書館で「群晶」読むぞ〉ツイートも、掲載誌発売直後に散

見された〈面白かった〉〈分かるー〉といった感想ツイートも消えていた。

自分は消えかかっている。柳佳夜の存在は消されようとしている。体温がすっと抜け、動悸が速まるのを感じながら、何か不具合が起こったに違いない、という思いに縋《すが》った。ツイッターの検索機能は日本語向けに最適化されていないから、日本語で検索するとたまにバグってしまうのだ。

試しに結果画面を閉じて、もう一度検索をかけた。やはり何も出てこない。もう一度やっても同じだ。アプリそのものを再起動し、もう一度試してみる。〈検索結果はありません〉。何度やってもそのメッセージが変わらず、私はいよいよ焦り出した。スマホを再起動してみようと思ったところ、

「佐藤さん、ミーティング行かないの?」

と桜庭さんに声をかけられてハッとした。昼休みはとっくに終わり、午後一番に課全体のミーティングが入っているのだ。慌ててスマホをポケットにしまい、ノートパソコンを持って会議室へ向かった。

課ミーティングにも、その後の打ち合わせや来客対応にも集中できず、検索結果が出なかった原因についてぐるぐる考えた。何が問題だったのか。アプリのバグか、ツイッター自体の不具合か、プロバイダーの接続障害か、それともスマホの問題なのだろうか。スマホアプリでは

なくパソコンからも検索してみようと思ったが、社用パソコンから外部サイトへの接続が制限されているので、退社まで待つしかなかった。

帰りの電車の中で、私はまずスマホを再起動して、リトライしてみた。何も引っかからなかった。アプリをアップデートしてから再度試す。同じだった。アプリをアンインストールし、キャッシュも全消去してから再インストールしてみた。検索結果はやはり真っ白だ。家に着き、パソコンからも試してみた。こちらも何も出てこなかった。「ゲーム」「元号」「選挙」「川上冬華」など、思いついた言葉で検索してみたところ、ちゃんと検索結果が表示されたにもかかわらず、「柳佳夜」だけどんなに試しても〈検索結果はありません〉のままだった。検索するたびに体温が少しずつ奪われていき、頭の中で耳鳴りのような甲高い音がギーンと鳴り響いた。まさか検閲されたのではないだろうか。中国だったら特定のキーワードに対し検索結果が表示されないよう検閲されることもあると聞く。しかしここは日本で、ツイッターはアメリカのサービスだ。小説にも、検閲されるようなことなど書いていない。ではやはりツイッターの不具合だろうか。グーグルに「ツイッター　検索　不具合」「ツイッター　検索機能　バグ」「ツイッター　エゴサ　引っかからない」などのキーワードを入力して検索し、ヒットしたサイトを一通り読んでも、不具合が起きている情報は何一つ見当たらない。

消えた。柳佳夜は消えた。もう一人の、あるべき姿の、精神だけの自分は存在を掻き消されてしまった。それが私の一番恐れていたことだ。新しい小説を発表すればまた復活するだろうが、そんな目途は立っていない。発表できるかどうかも分からない小説など、当てにならない。

空白の検索結果画面を見つめながらぼうっとしていると、ふとあることを思いついた。私は普段使っているアカウントをログアウトし、別のメールアドレスでもう一つ新しいアカウントを作った。そしてそのアカウントから、「柳佳夜」を検索した。

検索結果はすぐに表示された。新しく作ったアカウントから見ると、「柳佳夜」はちゃんと存在していた。

しかし検索結果を見て、私は安心するどころか、逆にドキッと驚き、スマホを持つ手が微かに震え出した。

「柳佳夜」に言及するツイートは数百件引っかかったが、全て同じ内容のものだった。発信元は二月の夜に見かけた「幸福発電所@命運向上委員会」というアカウントなのだ。このアカウントは自動ツイート機能を使っているのか、一日に十数件も同じ内容を呟いている。プロフィール画面に入ると、「柳佳夜」だけでなく、色々な作家の名前を使って例の怪文書URLを投稿している。どうやら作家の名前を使ってフォロワー集め・アクセス数稼ぎをしているスパムアカウントらしい。

エゴサの結果が出なくなった原因が分かった。私が普段使っているアカウントは「幸福発電所」をブロックしているから、その投稿は表示されない。しかしそれらの投稿は検索に引っかからないのではなく、一旦引っかかってから非表示処理にかけられているだけだ。そしてツイッターの検索機能は一度の処理件数が限られている。「非表示にすべき投稿」が何十件も続くと、ツイッターのプログラムは「表示すべき投稿はない」と判断し、たとえ表示すべきツイートがあっても〈検索結果はありません〉という結果になるのだ。

全くもって迷惑な話だと、遡っても遡っても延々と出てくる「幸福発電所」のスパムツイートをスクロールしながら苦々しく思った。それと同時に、スパムアカウント一つであんなにも慌てふためいていた自分が滑稽に思えてならなかった。

二百件くらい遡ったところで、あるツイートが目についた。

〈今宵も生き血を片手に、転生用の肉体生成するぞーっっ！！！

生け贄の諸君に、佳き夜があらんことを♪〉

ツイートとともに写真が投稿されている。写真にはトマトジュースと思われる赤い飲み物と、作業中のモニター画面が写っている。投稿日は二週間前で、発信元は「柳佳夜一吸血鬼系VTuber@肉体錬成中」というアカウントである。

なりすましかと思い、そのアカウントをタップし、プロフィール画面に入った。プロフィール欄にはこう書いてある。

〈悠久の眠りを経て現世に蘇りし高貴なる吸血鬼一族の末裔。魔界帰還のための魔力を得るべく、夜な夜な生け贄を求めてバーチャル空間を彷徨う（という設定）。見つけてくれてありがとう！　生け贄には佳き夜と永久の安らぎを。〉

アイコンは女性吸血鬼のイラストとなっている。銀髪のその吸血鬼は黒のレースとリボンがついている赤いドレスを身に纏い、同じく赤いロングブーツを履いている。目は赤く、顔は色白で、頭には蝙蝠《こうもり》の翼の形をした黒いカチューシャをつけている。プロフィール欄の下にはYouTubeチャンネルのＵＲＬが貼ってあったのでアクセスしてみた。まだ六本しか動画が上がっておらず、うち四本は二時間に及ぶゲーム実況の長尺動画で、残りの一本は自己紹介、一本は質問コーナーだった。サムネイルには一様に赤装束の女性吸血鬼のイラストが入っている。

自己紹介の動画をタップすると、広告なしに再生が始まった。イラスト通りの女性吸血鬼の３ＤＣＧアバターが画面中央に表示され、中世ヨーロッパを想起させる荒廃した古城の絵が背景になっている。アバターは画面外のこちらに向かって、不自然な表情でぎこちなく動きながら、ハスキーな女声で喋り出した。

〈おっと、君には僕の姿が見えているというのかい？　それは運の尽きだね。僕の姿を見てしまった以上、君には生け贄になってもらうしかない。僕には魔界に還るための魔力が必要だからね。なに、怖がる必要はないさ。生け贄となり、生き血を捧げることで、君にも大いなる快楽と永久の安らぎが授けられよう。ほら、君たち人類がよく言っている、ウィンウィンってやつだ。しかしまあ、なにぶん、僕は少々長く眠り過ぎた。魔力とてそんなに容易《たやす》く溜まるもんじゃない。魔界帰還を果たす前に、生け贄の諸君とともに現世の娯楽を楽しんでみるのも一興であろう〉

四分半の動画は終始こんな調子で、キャラクターの設定が語られた。千年前に魔界から人間界へやってきたこと。五百年前に敵から杭を打ち込まれたが運よく心臓を避けて一命を取り留め、五百年の眠りに沈んだこと。眠っている間に血を分けた眷属《けんぞく》は悉く魔界に帰還し、自分だけが現世に取り残されたこと。外見は人間の女性に見えるが吸血鬼には性別がないこと。今は魔力が涸れ果て、生け贄となる人間の生き血を吸うことでゆっくり回復していかなければならないこと。そして生け贄になってくれる人間への対価として、自分は楽しい時間を提供していこうと考えているということ。

要するに、この「柳佳夜」は吸血鬼という設定のバーチャル YouTuber であり、「生け贄」とはファンに対する総称なのだ。バーチャル YouTuber とはCGで作成したキャラクターを使って動画配信を行う人のことで、「VTuber」はその略である。ツイートにあった「肉体生成」というのは3Dモデリング作業のことだろう。

設定がありきたりな上に、アバターの質も低い。顔と身体の動きががくがくしているだけでなく、表情も乏しく、手も時々不自然な方向に折れ曲がったりする。ところどころ絵が欠けたりディテールが壊れたりといった不具合も散見される。そのためか、どの動画も再生回数は百回に満たず、コメントも「厨二乙」「ダッサ」といったものばかりだった。ツイッターのフォロワーも三十数人しかいない。アカウントが作られたのは今年三月、つまり先月だ。

名前が被ってしまったのは不愉快だが、こんな拙《つたな》い技術ではどうせすぐ挫折して辞めるだろう。所詮はスパムツイートに埋もれるような弱小VTuberだ。それらのスパムツイートがこの吸血鬼のなり損ないではなく、私を対象に投稿されているものだと思うと、少しだけ勝ち誇った気分になった。

私は「柳佳夜—吸血鬼系VTuber@肉体錬成中」をブロックし、ツイッターアプリを閉じた。

＊

福島さんが時々仕事を休むようになったのは、ゴールデンウィークが明けて間もない頃だった。

トイレで泣いていることに気付いた日以来、私はそれとなく彼に気を配るようにしていた。周りに誰もいない時を狙って、時々彼の机にお菓子や、励ましの言葉を書いた付箋などを置いたりした。私自身は間食には全く興味がないし、甘いものも好んで食べないが、お菓子を食べるとストレス解消になる人が世の中の大半を占めることを経験上知っているし、それ以外の配慮の仕方が私には分からないからだ。付箋は署名せず、筆跡でバレないようわざと乱筆で書くようにしている。ボールペンは誰でも使っている会社の備品を使った。疚《やま》しいことをしているわけではないが、親しくもないのに恩着せがましいと思われるのは嫌だし、逆に変に感謝されたり、理解者だと思われたりするのも面倒だ。別に感謝されたくてやっているわけではないし、優しくしてあげようと思っているわけでもない。ましてや理解者になんてなれっこない。歩行している高齢者と同じで、身体に苦しんでいる人間を見るとなんとなく哀れで放っておけない気持ちになるだけだ。それに、あの夜最後まで残業していたのは福島さんと私だけだったので、お菓子と付箋が私からのものだと分かったら、トイレに籠もって泣いていたのが私にバレていることに勘付かれそうで、それもそれで面倒くさい。

　あの残業の夜以外に、福島さんは特に異常な気配がなく、ごく普通に振る舞っているように見えた。口数が少なく、会議でも滅多に発言しないが、そもそも内気な性格なので元通りと言えなくもない。ミスが多く、その都度課長や部長に怒られるのもいつものことなのだが、他のメンバーに皺寄せが行くのだけは勘弁してほしいと思った。

「福島くん、ちょっといい？」

ゴールデンウィーク前のある日のことだった。桜庭さんから声をかけられると、福島さんの背中がびくっと震えた。福島さんには正式な教育係がいるわけではないが、歳も近いし席も隣同士ということで、成り行きで桜庭さんが余裕のあるとき彼の面倒を見ることになった。

「はい……なんでしょうか?」

「経理部からメールが来てて、●●社の取締役の××さんに支払っている給与の年間合計額が損金の金額と一致しないみたいだけど、これでいいんだっけ?」

「えっ……いや、一致するはずなんですが……」

「今ファイル転送するから確認して。五十万くらい差が出てるよ」

十分後、私のところにもメールが送られてきた。××さんには過去の三か月間、給与が過払いになっていたため、来月の給与から天引きして修正してほしいとのこと。経理部や銀行へ給与情報を連携するのが私の業務なのだ。

ただでさえ人事考課と賞与算定作業で忙しい時期になんてことをしてくれたんだ、と心の中で溜息を吐いた。これは払い過ぎた分を取り戻すだけの単純な話ではない。会社から支払われた給与の金額は社会保険の標準報酬月額から退職金の積み立て額、ひいては各種手当の支給額の算定基準になっており、一つ間違えば幅広く波及し、膨大な量の修正作業が発生する。本人への説明と謝罪はもちろん、経理部や基金、健保、社会保険部など様々な関係部署に連絡する必要もある。

その日は福島さんのミスのリカバリーに追われているうちにあっという間に夕方になり、窓の外は深海の濃藍《こいあい》にゆっくり染まっていった。空の涼しげな色とは裏腹に、部署内は気まずくぴりついた空気が流れている。福島さんを連れて××さんに謝りに行ったところひどくなじられたらしく、課長はぶすっとした表情で足を組み、オフィスチェアにふんぞり返って新聞を広げて読んでいる。福島さんはがっくり肩を落としており、病に侵された老犬のように背中を丸めながらパソコン画面を覗き込んでいる。部長は出張で会社にはおらず、明日戻ってきたら福島さんはまた怒鳴られるに違いない。

「福島くんはもう社会人二年目だからね。もう新人じゃないんだからもっとしっかりしないと」

課長が帰った後、桜庭さんは優しい声で福島さんをたしなめた。

「はい……本当にごめんなさい」

福島さんが頭を下げて謝ると、桜庭さんは溜息を吐いた。

「人手不足で大変なのは分かってるけど、私たちの仕事って、できて当たり前だと思われてるからね。だって、毎月正しい額の給料が振り込まれるのって、社員からしたら当たり前のことじゃない？　私たちのミスはそのまま会社への不信感に繋がるの。給料すら正しく払えない会社って、信用度低いでしょ？　それをしっかり自覚して、ダブルチェック、トリプルチェック、怠らないようにしなさい」

私は桜庭さんのように先輩っぽく振る舞えない。なかなか認められない小説とは異なり、この仕事はやればできるし、正しくこなせばそれなりに評価され、給料と賞与にも反映されるのだからある意味楽だが、忙しくなると何も感じる余裕がなくなり、ふと気付くと、自分は一定の作業を繰り返すようプログラミングされた、ただの肉体のように思える瞬間があって、それがひどく怖かった。身体を存続させるために必要だが、自分自身ですら意味を見出せない業務について後輩にあんなふうに諭すのは、空々しくてとてもできない。

福島さんのミスは減らないばかりか、寧ろ増える一方だった。そのたび私や桜庭さんをはじめ、部員は彼の尻拭いに追われる。そのせいもあり、彼は職場では目に見えて孤立するようになった。ハブられたりいじめられたりしているわけではなく、業務上必要な連絡は彼にも送られているが、例えば出社や退社の挨拶をしても誰も彼に視線を向けなかったり、会議中に彼の意見を求める人がいなかったり、仕事の振り分けの時に彼に振らなかったりなど、「福島くんに頼んでも仕方ないよな」みたいな冷たい空気が醸成されていった。昼休みの時間に食堂にはいかず、自席で一人でおにぎりを齧っている彼の後ろ姿は気の毒だと思った。職場の人と個人的な交流があまりないのは私も同じだが、私の場合は飲み会やら懇親会やらで小説に向き合う時間を奪われるのが嫌で自分から距離を置いているのだが、彼は周りから距離を取られているように感じられる。

　ゴールデンウィーク明けの月曜日、コアタイムになっても福島さんは出社してこなかった。

「あれ、今日福島くんお休みだったっけ？」

　桜庭さんに訊かれ、私は部員のスケジュールを確認した。

「休みって書いてないけど」

「福島くんから連絡なかった？」

「特には」

　そっか、と腑に落ちない表情で桜庭さんは自席に戻った。間もなく朝礼が始まり、部員全員が例の如く小部屋に集合した。福島さんの不在に気付いた部長は眉を顰め、課長の方へ目をやった。

「福島くんはどうしたの？　休み？」

「いや、有休届は出てないんですが……」

　課長は少し慌てながら、課員に助けを求めた。「誰か知らない？　谷口くん、何か聞いてない？」

　話を振られた係長は首を横に振った。「いいえ、僕は何も聞いてません」

まあいい、と部長は話を遮った。「五月病か何か知らんけど、いつまでも学生気分が抜けないんだからほんとに困るよ。西村くん、後で状況報告よろしく。部下の指導はちゃんとしてくれよ、頼むから」

はい、と課長は答えるなり、唇を一文字に結んだ。

朝礼が終わった後、課長は福島さんに電話をかけたが、何度かけても出なかったようだ。受話器を置き、むっとした表情で課長はパソコン画面に向き直り、キーボードを叩き始めた。メールを書いているのだろう。

三十分後、一通のメールが課長から課のメーリングリスト宛てに転送された。〈福島くんは本日病欠とのこと。打ち合わせ等は全部リスケで。業務に支障が出る人は西村まで相談を〉。本文の下には課長と福島さんのやり取りが添付されている。

〈福島くん、今日は休みじゃないよね？　このままじゃ無断欠勤になるから、至急連絡を〉

〈西村課長、今朝から急に全身に寒気がするなど体調を崩しておりますため、本日はお休みを頂きたく存じます〉

〈了解。病気とはいえ、こういう時は福島くんの方から会社に連絡するのが筋だよね。報連相は社会人の基本的な心得だから疎《おろそ》かにしないように。お大事に〉

幸い、連休明けということもあり、大きな締切が設定されているわけではないので、福島さんの急な病欠はそれほど業務には響かなかった。翌日になると普通に出社してきた福島さんに対し、みんなは「福島くん、体調はもう大丈夫？」「無理はしないでね」と親切に声をかけた。私も一言声をかけておこうと思ったが、彼とは普段業務以外の接点がほとんどないので何を言えばいいか分からず、変に気遣うのも偽善的だと思われそうだし、何より私自身が白々しく感じるので、迷っているうちにタイミングを逃してしまった。誰かからそんな労《ねぎら》いの言葉をかけられる度に、彼は草の戦《そよ》ぎに驚く栗鼠《りす》のように狼狽《うろた》える色を一瞬露わにし、それからはにかみながら恐縮至極というふうに小さく頷き「ありがとうございます」と呟いた。

しかしそれから二週間後、福島さんはまたもや無断欠勤をした。それから無断欠勤の頻度がだんだん上がり、二週間に一回から一週間に一回、そして三日に一回くらいになった。最初のうちは課長がメールを送るとそれに返信し、体調不良の旨を報告していたが、次第にメールも返さなくなった。

もはや彼を戦力として当てにできないことに気付いた課長から私と桜庭さんが呼び出されたのは、六月中旬のことだった。

「知っての通り、福島くんはあんな状態だから、お二人には彼の業務を引き継いでもらいたい」

定員四人の予約不要会議室の中で、課長はそう切り出した。予想はついていたが、改めて言われるとどう反応すればいいか分からず、黙り込むしかなかった。福島さんから業務を引き継ぐことは仕事量の増加を意味し、つまり小説にかけられる時間が減るということでもある。それはもちろん嫌なことなのだが、ことがことなのであからさまに嫌がることもできず、私は努めて無表情を貫いた。

「福島くんは大丈夫ですか？」と桜庭さんは訊いた。今日も福島さんは出社していない。

「大丈夫じゃないから二人に頼んでる」

課長は目を逸らして壁の方へ向け、足を組み直しながら不機嫌な声で答えた。「じゃ、そういうことで。具体的な業務分担は谷口くんと相談してくれ」

言い終わると課長は席を立ち、会議室を出ていった。私は桜庭さんと顔を見合わせた。

「なんか、課長イラついてない？」と桜庭さんが言った。

「ここ最近いつもイラついてるよね」と私が。

「また部長に詰められたのかな」

「そもそも人が足りないんだから、人を増やせばいいのに」

課長と入れ替わりに入ってきた係長はどこか気まずそうな顔をしていて、私たちと机を挟んで腰を下ろすと、無言でパソコンをモニターに接続させた。モニターにパソコン画面が映る前に、桜庭さんが係長に訊いた。

「谷口さん、福島くんはやっぱ調子がよくないんですか?」

係長の谷口さんはまだ三十代前半の男性で、私たちと歳が近いこともあり、彼のことは「係長」ではなく、いつもさん付けで呼んでいる。

谷口さんは目を泳がせながら暫く躊躇《ためら》い、そして溜息を吐き、文字通り眉を八の字にして困った表情を浮かべながら、頭をぼりぼり掻き毟《むし》った。

「ここだけの話ね。こないだ彼が欠勤した時、課長と一緒に彼の家を訪ねたんだけど、部屋の中はめちゃくちゃでね、洗い物がシンクに溜まってたし、食べ残したカップ麺とかコンビニ弁当の殻とかが散乱してて変な臭いがしていた。なのに本人は全く気にしていない、というか気にする余裕がないみたいな感じだった。顔色も悪いし、体調について訊いてもまともに答えられなかった。あれは明らかにメンタルヘルスの問題だね」

福島さんの私生活についてはもちろん詳しいことは何一つ知らないし、特に興味もないのだが、話を聞いていると一人暮らしのようだった。試しに人事システムに彼の名前を入力し、表示された住所と建物名をグーグル検索にかけた。不動産賃貸サイトで、部屋の間取り図がすぐにヒットした。案の定、一人暮らし用のワンルームだった。

谷口さんの話を聞きながら、桜庭さんは小さく頷いた。「それで、どうするんですか?」

「どうもこうもないよ、あれは仕事ができる状態じゃないし、無理したところで体調が悪化するだけだ。とりあえず産業医に診てもらうよう勧めたけど、人事を十年以上やってきた経験からすると、当面は復帰が難しいだろうな。休職になるんじゃないかな」

「課長がいらいらしていたのは、人がまた減るからですか？」と私は訊いた。

「そりゃあまあ、それもあるけど……」

谷口さんは曖昧な表情になり、視線を私たちではなくモニターに向けたまま、話を続けた。モニターには「今後の業務分担」と題されるパワーポイントのスライドが表示されていて、実線で囲まれる他の人とは違い、福島さんの名前は点線になっている。

「産業医の判断にもよるけど、たぶん傷病休職になると思う。すると、今はどんな症状があるのか、何故そういう症状が出たのか、ある程度調査はされるわけ。ほら、うちは大企業だし、最近はコンプライアンスとか厳しいじゃん」

なるほど、と私は合点が行った。要するにパワハラの責任を問われかねないから、福島さんの体調の話をしたくなかったのだ。課長は部長ほど怒鳴りつけたりはしなかったものの、福島さんの直属の上司だし、彼がミスした時にそれなりに強い言葉で怒っていたから、コンプライアンス部から追及されたら責任を逃れるのは難しいだろう。

桜庭さんの反応を窺おうとこっそり目を向けると、彼女は何か言いたげに口を開きかけていた。

「これはまだ誰にも話していないんですが……」

暫《しば》しの躊躇いの後、桜庭さんは意を決したように言葉を継いだ。「四月だったかな、評価調整会議で福島くんと二人で横浜の事業所に出向いた時、彼は急にトイレに行きたいって言って、そのまま十五分経っても戻ってこなかったんです。流石に長過ぎるし、会議がもうすぐ始まるので様子を見に行ったら、ちょうどトイレから出てきたところでした。出てきた時は目が赤いので花粉症かなと思ったけど、後になって考えたら、たぶんトイレの中で泣いてたと思います」

「あぁ、それなら僕も心当たりあるな。いつだったかは覚えてないけど、トイレに入ったらちょうど福島くんが個室から出てきて、僕を見かけると慌てて目を逸らしたけど、目が赤かった気がする。結膜炎かなって思ったもん」

二人の話を聞いて、少し動揺した。私だけでなく、二人とも福島さんの異変に気付いていたのだ。二人に、あの残業の夜のことを話すべきか迷った。しかし、話したところでどうにもならないだろうし、何故もっと早く言わないのかと訊かれても困る。切り出せずにいると、三人とも言葉を発さない空白の間が数秒間あり、場の空気がみるみるよどんでいく。

「福島くんはきっと、繊細なんでしょうね」

ややあって、取り繕うように桜庭さんが言った。それを受けて谷口さんは小さく肩をすぼめた。

「この仕事、繊細過ぎるのも駄目なんだよな。ある程度図太くないと潰れてしまう。まあ、要はミスマッチなんだから、福島くんも可哀想だけど」

仕切り直すというふうに、谷口さんはモニターに表示されている業務分担図を指差した。

「話戻るけど、福島くんが抱えている業務でさ——」

福島さんの業務は私と桜庭さんとで半分ずつ受け持つことになった。既に六月の賞与支給日が過ぎ、業務のピークが終わっているのは幸いで、そうでなければ連日の休日出勤は必定だった。

とはいえ繁忙期が過ぎたからといって暇というわけではない。八月のお盆の連休まで何となく夏休み気分で過ごせる部署もそれなりにあるだろうが、間接部門はそうもいかない。社員の慰安のために、会社は毎年八月にサマーフェスタという大規模な社内イベントを開催し、縁日の屋台、物販、トークセッション、各種体験ブースなどの出し物が行われるが、その運営は間接部門の仕事になるのだ。事前の企画から当日の会場の設営や、動線の整備と誘導、客の呼び込みなど、やることはたくさんある。

それでも繁忙期よりはずっとましで、残業する日が減り、休日出勤もなくなったから、平日の夜と休日は小説の改稿に費やせる。

　改稿のヒントを得たのは菜摘ちゃんのおかげだった。ゴールデンウィーク中に菜摘ちゃんは帰省で東京に帰ってきて、二人で遊びに出かけた。「リンセツスルショシンタイカンカク」云々の宮崎さんのコメントについて彼女に相談したところ、じゃSMショーを観に行こうよ、と何故か明後日の方向から誘いが飛んできたのだ。

　よく晴れているがむしむしする日の午後、新宿駅の近くにある煙草臭い小さなレンタルスペースに、菜摘ちゃんと一緒に向かった。鉄の外階段を三階まで上り、鉄の扉を開けると、入り口の横にはバーがあり、喫煙スペースと灰皿があり、奥には一段高い小さなステージが設けられているという、いかにもアングラ感のある空間が現出した。ステージの手前は客席になっているが、客席と言っても椅子はなく、フローリングの床に座布団を敷いているだけで、その数は約三十。既に数人の先客が座っており、ほとんど男性だった。ステージの天井からは茶色の麻縄を何本も結わえた頑丈そうな束縄が垂れ下がっており、縄の先端に金属の環が括りつけられている。それはカラビナというのだと菜摘ちゃんに教わった。入場料を払い、菜摘ちゃんと一緒に座布団に座った。目立たないよう壁際にしようと思ったが、彼女に引っ張られて二列目の真ん中の席に腰を下ろした。

「菜摘ちゃん、よく観に来るの？」

彼女があまりにも泰然自若としているので、思わず訊いてみた。

「ここに来るのは三回目くらいかな。ＳＭバーにはたまに行くからこういうところには慣れてるかも」

「ＳＭバーに行って何するの？」

「縛られたり、叩いたり叩かれたり。縛りの練習もしてるけどなかなか難しくて」

「痛くないの？」

「慶子ちゃんは痛みについての小説、書いてるでしょ？」

それとこれとはちょっと違うかなと思ったが、口にはしなかった。

間もなくショーが始まった。照明が暗転し、スピーカーから音楽が流れ出すと、五組の縛り手と受け手が順番に出てきた。男性の縛り手と女性の受け手の組み合わせが多かったが、一組だけ縛り手も受け手も女性で、司会がそれを「レズ緊縛」と冗談めかして紹介したので気持ちが翳った。居心地の悪さが顔に出たのか、

「この界隈はまだそういう感性の人が多いんだよね」

と菜摘ちゃんは申し訳なさそうに私の耳元で囁いた。私は黙って頷いた。

赤とも紫ともつかない薄暗い照明が妖艶な雰囲気を醸し出す中、縛り手は音楽のリズムに合わせ、正座している受け手の身体に縄をかけていく。まずは両手を後ろに回して組ませ、手首

を固定してから肩へ縄を回し、上腕周りを乳房の上から二周、下から二周してきつく縛り、胸の曲線を目立たせる。受け手は着物がはだけ、乳房が半分露わになり、痛いのか気持ちいいのか分からない恍惚とした表情を浮かべた。その間もこちらの視線が捉えきれないスピードで縛り手は縄を回したり引っ張ったりして、気付いたら受け手の背中には蜘蛛の巣のような複雑な模様が出来上がっていた。

それから受け手を立ち上がらせ、腰辺りから出ている縄をカラビナに通して固定させ、次に足首や太ももにも縄をかけていき、それもやはりカラビナに通していく。太ももで受け手の胴体を支えながらカラビナに通してある縄を強く引っ張ると、受け手は微かな呻きとともに宙に浮き、音楽がかかっている中でも縄の軋む音が聞こえ、縄の屑は舞い降りる花弁のように飛び散った。観客席をこっそり見回すと、みんな視線が受け手に釘付けになっていた。吊り上げてからも縛り手はテキパキと動き回り、吊りを補強したり余った縄を巻きつけたり、エアコンがかかっているにもかかわらず、額に滲み出る汗の雫がきらりと光を反射していた。

吊りを完成させた縛り手は受け手を独楽《こま》のように空中でくるくる回しながら観客に展示し、自分も美しい芸術品に見入っているように彼女を見つめた。受け手の長い黒髪は重力のまま垂れ下がって艶やかに輝き、両目は閉じていて、耐えているのか楽しんでいるのか、あるいはその両方なのか、表情からはよく分からない。暫くしてから縛り手は受け手の回転を止め、鞭を手に取り、受け手の身体に振り下ろした。鞭の爆音とともに、受け手の悲鳴が狭いレンタルスペースに響き渡る。

「痛そう」

私が思わず呟くと、

「あれはバラ鞭といって、音がでかくて威勢はいいけど、実はそんなに痛くないの」

と菜摘ちゃんは説明した。本当かどうかは分からないが、試してみたいとは思わなかった。間を取りながら十発か二十発くらい打ってから、縛り手は鞭を手放し、受け手を優しく抱き寄せ、よしよしというふうにその頭と身体を撫でた。照明が暗転し、拍手が巻き起こった。

「綺麗でしょ?」

拍手しながら、菜摘ちゃんは私に訊いた。私は無言で頷いた。

初めて観たSMショーは確かに新鮮だったが、五組の出演者はどれも同じようなパターンだった。音楽がクラブミュージックだったり琵琶や笛だったり、服装が着物だったりセーラー服だったり、縛り手の手つきが乱暴だったり優しかったり、縛りのフォームが違ったり、縛りの前にダンスや舞踊が入っていたり、鞭の代わりに蠟燭を垂らしたり、そういったアレンジはあるものの、大まかな流れはどれも一緒で、三組目が終わった辺りからだんだん飽きてきた。

全てのパフォーマンスが終わった後に緊縛体験コーナーがあり、「慶子ちゃん、体験してみなよ」と菜摘ちゃんは私の肩を軽く叩きながら促した。

「えー、嫌だよ。なんで？」

私が拒むと、

「身体を持っていることとはどういうことなのか、もっとはっきり分かるんじゃないかな」と菜摘ちゃんが言った。

身体を持っていることとはどういうことなのか、それは嫌というほど分かっているつもりだった。この身体に嫌悪感と疎外感を抱きながらもそれに依存しなければならないという矛盾、生まれた瞬間から押しつけられた生物としての役割や、生存競争の歴史。常に自分以外の誰かに、あるいは何かによって支配され、評価され、拘束され、完全には自分のものになり得ないくせに、自分こそが佐藤慶子という実存の全てだという顔をしている、この身体、この軀体《くたい》。これ以上何を分かろうというのだろう。これ以上分かったとして、そこから抜け出せない分、ただただ苦しむだけではないか。

しかし、小説に活かせるかもしれないじゃん、という菜摘ちゃんの一言で、私は体験に踏み切った。小説に繋がるのなら、もう一人の、精神だけの自分の創成に繋がるのなら、何をしたっていいと思った。私を縛り付けている身体を誰かに縛り付けさせてみることで、この身体を自分のものとして取り戻し、主として君臨することができるのかもしれない、とも思った。

「緊縛は初めてですか？」

　唯一の女性緊縛師に体験を申し出て、彼女の指示に従って床に座ると、後ろから徐《おもむろ》に抱きつかれた。背中に押しつけられる乳房の柔らかさを感じて一瞬息が止まり、次の瞬間には両腕を摑まれて背中に回された。肩の可動域を確認しているのか、私の腕をぐるぐる回しながら、緊縛師はにこやかな声音で訊いた。はい、初めてです、と私は呟くように答えた。

「お姉さん、身体が少し硬いかな。普段は座り仕事？」

「はい、事務系です」

「だと思った。少しストレッチするね」

　ストレッチというものは高校の体育以来やっていない。やり方も分からないし、身体を動かすのも面倒なのでそこに時間をかける気にはなれない。緊縛師は私の両肩を摑み、後方へ引っ張るのと同時に腕も後ろへ伸ばしていく。腕から肩甲骨辺りまで、凝り固まっていた筋肉が骨からばりばり引き剝がされていくような痛気持ちよさを感じる。実際に筋肉が剝がれたら大変だろうからたぶん剝がれてはいないと思うけど、その痛気持ちよさがどんな仕組みから発生しているのかはよく分からない。次に私の右腕を身体の前方で左へ伸ばし、後ろから身体の方へ引き寄せる。右肩から同じような痛気持ちよさが伝わってくる。そのようにして、緊縛師は慣れた手つきで私の胸、背中、肩回りを順番にストレッチさせていき、私はただ床に座り、されるがままになっていた。動かされているのは間違いなく自分の身体なのに、どこか他人事のように感じられた。

　じゃ、いくね、そう言って、緊縛師は私の両腕を背後に回して組ませ、手首に縄をかけていった。ショーで観たような手順で、縄が身体に回されていく。二の腕周りを乳房の上から二周、乳房の下から二周、それぞれ計四本の縄が身体を締め付けていく。縄が肉に食い込んでいるのは服の上からでも分かる。試しに腕を動かしてみると、そんなにきつく縛られていないようなので動けはするが、脱出はできそうにない。深呼吸をしてみる。空気が肺に入って胸が膨らみ、その分、縄が肉に食い込む。拘束され、自由を奪われていくという感覚がしみじみ伝わってくる。その間も緊縛師は忙しなく動き回り、私の身体を巻きつける縄の数がどんどん増えていく。鼻が痒くなった。引っ掻きたくなったが、手も腕も使えない。緊縛師に頼むのも恥ずかしく、我慢するしかなかった。意識をそこから逸らし続けると、気付いたら痒みは感じなくなった。

　不思議なことに、私の身体が縛られているにもかかわらず、逆に私がその身体から解放されていくような気がした。

「よっしできた」

　縛りが完成すると、緊縛師は私の頬を撫で、頭を撫でた。「どうする？　吊りもやってみる？」

10月の新刊 ●10日発売

ちくま文庫

ゼロから始めるジャック・ラカン

片岡一竹 ●疾風怒濤精神分析入門 増補改訂版

千葉雅也氏推薦
「まず最初に読むべきラカン入門書です」

現代思想における震源地のひとつであるラカン。その核心に実践臨床という入射角から迫る超入門の書。『疾風怒濤精神分析入門』増補改訂版。（向井雅明）

43915-4
990円

さみしいときは青青青青青

寺山修司 ●少年少女のための作品集

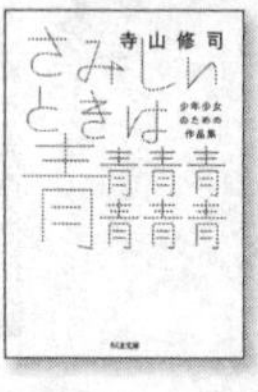

世界の涯《はて》までご一緒に。

青春の傷、憧憬と恋、イメージの航海——寺山修司だけに描ける切なく鮮烈な無限の「青」。没後四十年・今なお輝く世界を映す詩と物語。（幾原邦彦）

43911-6
990円

亜土のおしゃれ料理

水森亜土

食べることが大好きなアドちゃんが楽しいイラストとキャッホー！ヤッホー！の愉快な文章で贈るアド流いいかげんレシピ。（はらぺこめがね）

43902-4
924円

夢みる宝石

シオドア・スタージョン 川野太郎 訳

家出少年ホーティなどはぐれ者たちによる、不思議な「夢みる」水晶をめぐる幻想冒険譚。愛と孤独の作家スタージョンの名作SF、新訳で待望の復刊！

43913-0
1045円

文庫手帳２０２４

安野光雅 画

かるい、ちいさい、使いやすい！ 見た目は文庫で中身は手帳。安野光雅デザインのロングセラー。

43907-9
770円

6桁の数字はISBNコードです。頭に978-4-480をつけてご利用下さい。
内容紹介の末尾のカッコ内は解説者です。

好評の既刊
＊印は9月の新刊

O・ヘンリー　ニューヨーク小説集　街の夢
青山南＋戸山翻訳農場　訳　「賢者の贈り物」含む23篇を収録！
43850-8　1100円

小さいコトが気になります
益田ミリ　どーでもいいこと、確認中！
43855-3　660円

生きていく絵　●アートが人を〈癒す〉とき
荒井裕樹　堀江敏幸氏、柴田元幸氏、川口有美子氏推薦！
43856-0　990円

十六夜橋　新版
石牟礼道子　紫式部文学賞受賞の傑作、待望の復刊！
43860-7　1100円

82年生まれ、キム・ジヨン
チョ・ナムジュ　「これは、わたしの物語だ」
43858-4　748円

地理学者、発見と出会いを求めて世界を行く！
水野一晴　アフリカ、南米、ドイツ…調査旅行は冒険に満ちている！
43805-8　990円

しかもフタが無い
ヨシタケシンスケ　デビュー作を文庫化！
43875-1　880円

できない相談　●piece of resistance
森絵都　描き下ろし2篇を加え、待望の文庫化！
43867-6　748円

風流江戸雀／呑々まんが
杉浦日向子　たのしい。おいしい。ほほえましい。
43873-7　858円

日本人宇宙飛行士
稲泉連　宇宙体験でしか得られないものとは？
43874-4　858円

台所から北京が見える　●36歳から始めた私の中国語
長澤信子　36歳で中国語を始め、40歳で通訳に！　語学の名著
43880-5　924円

牧野植物図鑑の謎　●在野の天才と知られざる競争相手
俵浩三　朝ドラで注目！
43885-0　880円

身近な植物の賢い生きかた
稲垣栄洋　クセが強いが頭のいい植物たちの生存戦略
43878-2　858円

ロシア語だけの青春
黒田龍之助　一人の高校生が人気語学教師になるまでの青春記
43889-8　902円

虐殺のスイッチ　●一人すら殺せない人が、なぜ多くの人を殺せるのか？
森達也　集団は熱狂し、変異する。殺戮のメカニズムを考える
43881-2　858円

熊の肉には飴があう
小泉武夫　山はごちそうの宝庫だ！
43897-3　880円

ワイルドサイドをほっつき歩け　●ハマータウンのおっさんたち
ブレイディみかこ　単行本10万部突破の話題作！
43890-4　836円

羊の怒る時　●関東大震災の三日間
江馬修　激震の様子や朝鮮人大虐殺を描く記録文学の金字塔
43904-8　924円

＊**狂言サイボーグ　増補新版**
野村萬斎　野村萬斎の原点でござる。
43901-7　902円

＊**娘の学校**
なだいなだ　「子どもを持つ」から「共に生きる」へ。すべての親の必読書――ドミニク・チェン
43905-5　924円

6桁の数字はISBNコードです。頭に978-4-480をつけてご利用下さい。

10月の新刊 ●10日発売 ちくま学芸文庫

ローマ人の世界

長谷川博隆

■社会と生活

古代ローマに暮らしたひとびとは、どのような一日を過ごしていたのか？　カルタゴなどの故地も巡りつつ西洋古代史の泰斗が軽妙に綴る。（田中創）

51213-0
1540円

民俗のこころ

高取正男

「私の茶碗」「私の箸」等、日本人以外には通じない感覚。こうした感覚を手がかりに民衆の歴史を描き直した民俗学の名著を文庫化。（夏目琢史）

51209-3
1430円

外政家としての大久保利通

清沢洌

北京談判に際し、大久保は全責任を負い困難な交渉に当たった。その外交の全容を、太平洋戦争下の現実政治への弾劾を秘めて描く。（瀧井一博）

51215-4
1430円

Math & Science

乱数

伏見正則

乱数作成の歴史は試行錯誤、悪戦苦闘の歴史でもあった。基礎的理論から実用的な計算法までを記述した「乱数」を体系的に学べる日本で唯一の教科書。

51214-7
1320円

6桁の数字はISBNコードです。頭に978-4-480をつけてご利用下さい。
内容紹介の末尾のカッコ内は解説者です。

10月の新刊 ●6日発売

ちくま新書

1752
世界を動かした名演説
池上彰（ジャーナリスト）／パトリック・ハーラン（芸人）
演説とは「言葉での戦闘」だ。大戦の戦況を覆した演説、史上最強の謝罪演説、被差別者側の切実なほしい物リスト……。現代史を語る上で欠かせない珠玉の名言集。
07585-7 1034円

1753
道徳的に考えるとはどういうことか
大谷弘（東京女子大学准教授）
「正しさ」はいかにして導かれるか。非主流派倫理学の立場からプラトン、ウィトゲンシュタイン、槇原敬之らの実践を検討し、道徳的思考の内奥に迫る哲学的探究。
07586-4 968円

1754
近代美学入門
井奥陽子（東京藝術大学特別研究員）
「美は、美しいものにあるのか、感じるひとの心にあるのか」現代における美や芸術の〝常識〟は歴史的にどう成立したのか、平易な言葉で解説する。読書案内付き。
07584-0 1210円

1755
古代日本の宮都を歩く
村井康彦（国際日本文化研究センター・滋賀県立大学名誉教授）
飛鳥京から平安京まで、王宮が遷都と造都を繰り返して都市文化がつくられた。歴史家が自ら現地を歩き、文献史料を再検討し、宮都の知られざる史実を掘り起こす。
07564-2 1320円

1756
ルポ 高学歴発達障害
姫野桂（ライター）
エリートなのに仕事ができない――理解が得られにくい不条理に自身も発達障害者であるライターが、当事者、大学教員、精神科医、支援団体への取材を通じて迫る。
07582-6 924円

1757
実践！ クリティカル・シンキング
丹治信春（東京都立大学名誉教授）
「論理的な思考力」は、推論の型を「構造図」としてとらえる訓練を積むことで身につけられる能力である。新しく、実用的なクリティカル・シンキング入門。
07555-0 1100円

6桁の数字はISBNコードです。頭に978-4-480をつけてご利用下さい。

無言で頷くと、緊縛師はにこっと笑い、立ち上がるよう指示した。

「眼鏡は外した方がいいかな」

眼鏡を外されると目の前はモザイクの世界になり、物事の輪郭が融け合って様々な色彩の塊と化した。

ぼんやりとした視界の中で、足首と太ももに縄がくるくる回されていく感触とともに、縄が肌と肌の間を通り抜けていくしゅるしゅるとした音と、床に落ちる時のストンとした音、そしてきつく引っ張られる時の軋む音が聞こえてくる。暫くすると片足が後ろの方へ吊り上げられ、私は前のめりになり、もう片方の足で何とか爪先立ちしている体勢になった。そして緊縛師が縄を思いきり引っ張る気配がし、次の瞬間、もう片方の足も床を離れ、私の身体は丸ごと宙に浮いた。

宙に浮いた瞬間、上腕と腰、太もも、そして足首の肉に、縄が深く食い込んでいく感触がした。緊縛師が軽く押すと、私の身体は慣性の法則に従って空中で回転し始める。鳥みたいだ、と思った。

子供の頃に好きな玩具があった。鳥の形をしたその玩具は嘴《くちばし》が長く、嘴の先端を付属の台座に乗せると重力のバランスがちょうど取れるようにできており、台座と接触している嘴の一点のみが支点となって胴体全体を浮き上がらせる。まるで鳥が重力を無視し、空気に浮かんでいるように見える。指で軽く押して回してやると、嘴の先を軸にいつまでも回転し続ける。

縄で吊り上げられた私もまた宙で回転しており、あの鳥の玩具みたいに、重力に背く存在になっている気がした。身体の宿命的な重さから抜け出せている気分で、視界が朦朧《もうろう》としていることもあり、不思議な浮遊感を味わった。

しかしそう思っている一方、私ははっきりと、身体の重さからは決して抜け出せないという事実を思い知ることになった。肉への縄の食い込み具合がそのまま、私の身体の重さを物語っている。普段の生活では床や地面に託しており、それ故に自覚することの少ない自重《じじゅう》は、吊り上げられた瞬間、全て縄からの反作用力として私の身体に返ってくる。身体を持っていることの重さが寸分も差し引かれることなく、そのまま私に返ってきている。

「どうだった？　初めての緊縛」

地面に下ろされ、縄が解かれると、菜摘ちゃんが訊いてきた。私の体験中に、彼女はずっと傍で見学していた。

「連れてきてくれてありがとう。リンセツスルショシンタイカンカク、何とか書けそう」

私は彼女に微笑んだ。何の僻《ひが》みもなく、心から彼女に感謝しているのは、作家デビューしてからそれが初めてなのかもしれない。

それからの平日の夜と休日は全て小説の手直しに費やし、六月末にようやく改稿を宮崎さんに送った。生まれつき痛覚を持たず、それゆえ自分の身体の存在を実感できない女子高生という設定はそのままにして、痛みを感じようと様々な試行錯誤を繰り返す中で、緊縛の趣味を持つ女性と出会い、交流を深めていくうちに自分なりの身体感覚を取り戻したという筋書きにした。

宮崎さんから返信が来たのはその二か月後だった。〈小説、面白く拝読しました。これならあと何回か手直ししたら何とか掲載できそうです〉という文面を読んだ時は喜びで飛び上がりそうで、続きの〈十一月発売の十二月号で原稿が落ちそうな気配がするので、とりあえずその号を目指しましょう〉も気にならないほどだった。

＊

谷口さんの見立て通り、福島さんは六月末から傷病休職に入り、それに伴ってコンプライアンス部からパワハラに関する調査が実施された。

福島さんは電話にも出られないような状態らしく、彼へのヒアリングは専らメールで行われたため、調査に時間がかかった。部長と課長に対してもヒアリングが行われ、第三者の意見も欲しいということで、私と桜庭さんや他の部員も個別で呼び出されて話を訊かれた。管理職によるヒアリングへの介入はもちろん許されないが、それでもやはり「下手なこと言うんじゃないよ」みたいな圧が日頃の会議や打ち合わせで感じられ、そのせいで夏休みが近いにもかかわらず、部署内は常に張り詰めた空気が漂っている。

「なんか最近、ストレス溜まるね」

売上を数えながら、桜庭さんは私に同意を求めてくる。

「うん、そうだね」

私は軽く返事をし、商品の在庫確認作業を続ける。ただでさえ業務量が増えているというのに、ヒアリングへの協力で更に時間が取られているのだ。

「はぁ、ライブ行きたいなぁ」

誰に言うともなく、桜庭さんは呟いた。土曜出勤のせいで好きな音楽ユニットのライブに行けなくなったらしい。

社員の福利厚生の一環として開催されるサマーフェスタに、間接部門が運営スタッフとして駆り出されている。フェスタは土曜開催で、本社と関係会社の社員、あるいはその家族であれば誰でも参加できる。本社ビルの三階は大ホールになっていて、主に全社の管理職ミーティングや株主総会のような大規模集会の時に使われるが、サマーフェスタの日はメイン会場となっており、各種物販や商品体験ブース、縁日の屋台などが設けられ、人出で賑わっている。流石に縁日の運営は業者に発注しているが、会社関連グッズの物販は社員が売り子をやることになっている。会社のロゴやゆるキャラが印刷されたサマーフェスタ限定仕様のトートバッグや缶バッジ、Tシャツ、ストラップ、ポーチなどを売り捌くのが私と桜庭さんの仕事だ。

物販スペースには客が間断なく訪れているというわけではなく、まるで波状攻撃のように来客数の増減が激しい。客が多い時は長蛇の列ができそうな勢いで、社員証や家族証を確認する暇もないが、いない時は本当に誰も来ず、やることがなくて時間が過ぎるのがとても遅く感じられる。しかも客の動きはなかなか読めない。先刻は閑古鳥が鳴いていたのに、次の瞬間には急に客が殺到してくることもしばしば。精神が緊張と弛緩の両極端を何度も行き来するから、余計に摩耗する。

「はぁ、だるっ。バックオフィスを希望して入社したのになんで販売やらされてんだろ」

客の波を送り出し、ブース前がまた閑散としてきた時、桜庭さんが呟いた。

「ねえ、ほんと向いてない」と私は適当に相槌を打った。私からしたら、やろうと思えばできるがそれほど価値が感じられないという点において、普段の業務も今日みたいな雑務も大して変わりはない。

私や桜庭さんとは違い、優香ちゃんはこのイベントをとても楽しんでいるらしい。休憩時間に優香ちゃんが売り子をやっている体験ブースを訪ねてみたが、夏らしい薄紫の浴衣を身に纏い、髪をアップにしてピンクの簪《かんざし》を挿し、客に向かって化粧水と乳液の使い方と特長を解説したり、実際にアイラインやアイシャドーを塗ってあげたりしている優香ちゃんは、普段より生き生きしていて表情も明るい。普段の優香ちゃんも明るく振る舞ってはいるものの、その明るさはどこか作り物っぽいところがあり、言葉や所作の端々に表れる微かな翳りがそれを物語っている。しかしサマーフェスタの優香ちゃんは心から楽しんでいるように見えた。

「優香ちゃん、頑張ってるね」

きちんとお礼をしながら笑顔で客を送り出す優香ちゃんの生真面目さを空々しく思いながら、彼女に話しかけてみた。

「慶子ちゃん、来てくれたんだ」

私の言葉に含まれる僅かな皮肉を気にする様子もなく、優香ちゃんは私に向かって手を振った。

「どう？　忙しい？」

「まあまあかな。普段ドラッグストアでは体験できない商品も体験できるから、お客さんがそれなりに来てくれたよ」

「こないだはごめんね、行けなくて」

「こないだ？」

優香ちゃんは暫く考える素振りを見せ、そして思い出したように言った。「ああ、花火ね」

「そうそう、花火」

七月末に、一緒に隅田川の花火大会に行かないかと優香ちゃんから誘われたが、家から遠くて人も多そうなので断った。人混みでもみくちゃにされ、汗まみれになり、へとへとに疲れてまで花火を見ようとする人の気が知れない。私がそういうイベントを嫌いなのを優香ちゃんも知っていて、承知の上で一応誘ってみるというのが暗黙の了解だから、断っても別に気まずくはならない。

話をしているとまた一人客が来たので、優香ちゃんは接客に回った。浴衣、可愛いですね、と二十代前半に見えるその女性客に言われ、優香ちゃんは大輪のひまわりが咲き誇るような満面の笑みを浮かべた。ガラス張りの壁から夏の陽射しが優香ちゃんの笑顔に降り注ぎ、少し眩しかった。

「なんか優香ちゃん、楽しそう」

客が立ち去ると、私は優香ちゃんに言った。

「楽しいよ。普段会えない人とたくさんお話ができるからね」

「販売職に就こうと考えたことはないの?」

「さあ、どうでしょうね」

「優香ちゃんはほんとに人間が好きなんだね」

私の皮肉めいた言葉に、彼女は微かに首を傾げた。

「慶子ちゃん、人間は嫌いなの？」

「好きとか嫌いとかじゃなくて、選べないって感じかな。やむなしだよ。人間として生まれた以上、人間と付き合っていくしかないかな、みたいな」

「私との付き合いも、やむなし？」

真剣な顔でこちらを覗き込む優香ちゃんの顔を見つめ返しながら、言葉に詰まった。違うよ、優香ちゃんは特別だよ、みたいな言葉で適当に誤魔化すこともできるが、それも嘘っぽく感じられて口にできなかった。結局のところ、優香ちゃんとの付き合いもまた、身体を持って生まれたことがもたらした数ある結果の一つに過ぎない。

「まあ、人間に興味がないのは前から知ってたから、今更驚きはしないけどね」

そう言って、優香ちゃんはまた微笑みを浮かべ直した。しかしそれはもうさっきのような、心の底から楽しそうな笑顔ではなく、何か本当の感情を隠すために作り出されたアルカイック・スマイルに見えた。


八月末、福島さんは退職届を出し、正式に退職した。

パワハラの調査が終わり、懲戒委員会が開かれ、処分が決まったのは九月上旬だった。パワハラに該当する行為が一部あったことが認められ、部長と課長は訓告処分になり、顚末書の提出を命じられた。更には九月中旬に、部長の十月一日付の異動が発表された。表向きでは部長の経験とスキルを活かしてほしい新規プロジェクトが立ち上がったとのことだが、パワハラが原因だったことは誰の目にも明らかである。

「うちの会社、意外としっかりしてるじゃん」

部長の送別会で、桜庭さんが私の耳元でこっそり囁いた。ね、と私は相槌を打った。

実際、パワハラの調査が始まって以来、部長はかなり大人しくなったように見える。普段は顎で人を使ったり、ちょっとしたミスで怒鳴ったりするような短気な性格だが、そうした言動はかなり抑えられた。飲み会ではいつもなら私や桜庭さんにお酌をさせたがるが、送別会ではそれもしなかった。黙々と手酌をする部長の寂しげな表情を見ていると、少しだけ不憫な気持ちになった。かといってこちらから進んでお酌をしてあげる気にはとてもなれないのだが。

「まあ、一番可哀想なのは福島くんだけどね。部長はこうやって送別会で華々しく送り出されてるけど、福島くんは体調を崩したまま退職に追い込まれたし」と桜庭さんが言った。

「それもそうだけど、福島さんも福島さんで駄目だったよね。もうちょっとちゃんとしてほしかった」

と私が言うと、

「それ、被害者非難ってやつ。本人はあれでも結構頑張ってたよ」と桜庭さんが指摘した。そうかな、と私が呟くと、そうだよ、と桜庭さんは笑みを浮かべながら言った。

福島さんの仕事ぶりでは怒鳴られても仕方がないと、正直どこかで思っていた。優しい職場作りというのも結構だが、優しさだけで通用する世の中でもない。私に「もっと自分の身体を大事にしないといけないよ」と言った中学校の先生みたいに、優しさが独善的な押しつけに変貌するのはよくあることだし、誰かに対する優しさによって他の誰かが割を食うこともしばしばだ。

福島さんの退職によって、ほっとする自分がいるのも事実だった。彼を見かける度に身体の重さを思い出して気分が沈んだり、自分が割を食ってでも優しくしようとしたり、そういう必要性がなくなったからだ。私は結局、他人に対しても自分に対しても優しくなれない人間だ。

十月に入ると、後任の部長とともに新しい部員が二名入ってきた。パワハラの件を経て人手不足の状況がようやくまともに対処され、会社が増員に踏み切ったとのことだった。仕事の負担が減るのは本当にありがたい。十一月掲載予定の小説のゲラ確認作業は、十月中にやらなければならないからだ。

＊

『群晶』十一月発売号（十二月号）の発売日前日に、私は一日中そわそわしていて落ち着かず、コアタイムが過ぎるとすぐ早退した。雑誌は発売日前日から棚に並ぶこともあるのでフライングゲットしようと思ったのだ。作品が掲載された号は刷り出しとともに編集部から一応献本はされるのだが、とはいえ、郵便事情で到着が発売日より遅くなることもある。一刻も早く掲載号を手に入れたかった。

会社の最寄り駅の駅ビルに入っている小さな書店で探したが、そもそも文芸誌は置いていない。仕方なく、駅の向こう側にある大型書店へ小走りに向かった。やっと手に入った『群晶』の装画は鮮やかな赤い布にところどころ氷の結晶が鏤《ちりば》められた美しい写真で、思わず見惚れてしまった。しかし表紙の文字に目を凝らすとうきうきしていた気持ちが沈み、つい小躍りしそうなほど軽くなっていた身体にまたもや重力が戻ってきて、深い地中へ私を引きずり込もうとしているのを感じる。表紙の一番目立つところにはこう印字されている。

〈創作　中編230枚一挙掲載　川上冬華「向日葵と秤と赤き太陽」

業務に忙殺される新人弁護士の「私」に、

「秋霜烈日」と名乗る人物から謎のメッセージが届く――。

注目の新鋭が贈る、現代法曹の怪談奇譚!〉

表紙には柳佳夜の名前も載っているが、それはとても小さい文字で、目立たない隅っこに追いやられている。小説のタイトル「遠くの痛みに捧げる」は印字されていない。背表紙に書いてあるのも川上冬華の名前と小説のタイトルだけで、柳佳夜の文字は見当たらない。

帰りの電車では席にありつけず、ドアの近くのスペースも確保できなかったため、私は吊革に掴まり、腰から背中にかけての鈍い痛みに耐えながら、ぼんやり突っ立っていた。カタンコトンと規則的な音が鳴り響き、それは長いトンネルの向こうから木霊しながら伝わってくるように感じられる。漠然と窓の外へ目を向けると、夜闇に浮かび上がっている自分の虚像に気付く。眼鏡をかけており、頬も身体もふっくらしていて、手足も短い。ショートヘアの表面は脂でテカり、顔にもそばかすが散らばっている。見慣れている姿にもかかわらず何度見ても見苦しく感じられ、思わず顔を背ける。下腹部の疼きと胸の張りは、生理がもうすぐ始まることを告げている。身体が重い。身体中の毛穴という毛穴に重りがつけられているように重い。何も考えたくなくて目を閉じると、菜摘ちゃんの姿が頭に浮かんだ。菜摘ちゃんと、彼女と並んでいる自分の姿。それはバランスを著しく欠いた、あまりにも不釣り合いな絵画のように映った。不釣り合い過ぎて、逆に調和が取れているようにも感じられるほどだ――艶《あで》やかな花と地味な葉っぱのように、片方がもう片方の引き立て役だと考えれば、その構図は実にバランスがいい。『群晶』の表紙にもまた、似たようなアンバランスゆえの、歪《いびつ》な調和があった。その表紙は一つの世界のように感じられた。無数のずれと歪《ひず》みを内包した総体的な調和こそが、世界本来の姿だ。

家に着き、カバンを床に置くと、バタンとベッドに倒れ込んだ。電気をつけていないので、天井は窓外の街灯を微かに反射して煤けた灰のような色を呈している。近くの公園から子供がはしゃぐ声とボールを蹴る音が聞こえ、時たまトラックの重々しい音が通り過ぎていく。暫く仰向けの体勢でそのまま横たわっていると下腹部がまた鈍く痛み出し、何かべたべたしたものが股の間から分泌されているのを感じる。下着が濡れていくひんやりとした感触とべたつく感触がしていて気持ち悪い。そろそろおりものシートをつけないといけない、そう思ったものの、身体が重くて起き上がれない。ふーう、と肺を絞るように長い息を吐き出すと、それが勝手に溜息になっていく。

ピコン、とＬＩＮＥの通知音が鳴った。スマホはカバンに入っていて、ベッドからは手が届かない。放置しようと思ったが、一分後にまたピコンと鳴った。そして三十秒後にまたピコン、更にもう一回ピコン。だんだん苛立ってきて、誰から何が届いたかも気になって落ち着かず、私は身体をもぞもぞ動かしながらベッドの縁へ移動し、まず足をベッドから落とし、次に膝を床につかせ、そして右手を伸ばして床につき、そのまま重力の勢いを借りて転がり落ちるようにして上体もベッドから引き剥がし、四つん這いの体勢でフローリングに下りた。四つん這いのままカバンのところへ移動し、スマホを取り出す。スマホのバックライトが天井を照らし、壁に家具の影を大きく落とした。

菜摘ちゃんからのメッセージだった。既読がつかないよう、私はポップアップだけスライドし、内容を確認する。

〈山下菜摘が写真を送信しました〉

〈慶子ちゃん、今月の『群晶』届いたよ！　慶子ちゃんの小説も載ってたんだね！　初めての誌上共演、嬉しい！〉

〈読むのが楽しみ♪〉

〈（アニメキャラクターが目をキラキラ輝かせているスタンプ）〉

メッセージを見るためにわざわざベッドから下りたことを後悔した。とはいえベッドに戻るのも億劫で、私はゆっくり身体を四つん這いの体勢から半回転させ、お尻を座椅子の座面につかせ、そのまま上体を座椅子の背もたれに放り込んだ。もう一度スマホに目を向ける。返信を考えるのが面倒くさくて、ＬＩＮＥのアプリを起動させないようロックを解除し、ツイッターアプリを立ち上げた。

画面に指を滑らせ暫くタイムラインを眺めているとと、フォローしているいくつかの読書アカウントのツイートが目についた。

〈最新号の群晶フラゲわず！川上冬華さんの新作が載ってる！〉

〈川上冬華の新作目当てで群晶を購入。三軒回ってようやく入手〉

〈え？川上冬華の新作⁉読む！！！〉

〈フラゲして早速読んだんだけどこれ次回芥川賞候補確実じゃね？〉

見れば見るほど嫌気が差してきて、身体から力が抜けていくのを感じる。どいつもこいつも川上冬華ばかりで、柳佳夜を気にする人なんて誰もいない。『群晶』編集部のアカウントの「次号予告」の連続ツイートの下の方には一応柳佳夜の名前が出ているが、そのツイートにはいいねしたりリツイートしたりするのは数人だけで、一番上の川上冬華のツイートにはリツイートが四十五件、引用リツイートが三十八件、いいねが百三件集まっている。

虫眼鏡のアイコンをタップし、暫く迷う。エゴサはもう半年以上やっていない。新作を出していない以上何もヒットしないのが当たり前なので、エゴサをしてもどうせ傷つくだけだと思い、ずっと控えていた。十二月号の発売日まで、エゴサは我慢しようと思った。厳密には発売日までまだ一日ある。今日フライングゲットした人は、みな川上冬華の新作が目当てだろう。私の小説には目もくれなくて当然だ。定期購読している人が雑誌を満遍なく読み、私の小説について何か呟くとすれば、早くて数日後ではないだろうか。新聞の文芸時評に取り上げられ、その時評を読んだ人が小説が気になり、読んでみた後に何か呟くとすれば、タイミングは月末になるだろう。つまり、今はまだエゴサはしない方がいい。今エゴサしても、どうせ圧倒的な「不在」を突き付けられるだけだ。

分かっている。分かってはいるが、柳佳夜の存在をどうしても確認したかった。広い海めがけて投げ込まれた小石は、少しでも波紋を立てることに成功したのか、それとも音もなくただ水底へと一直線に沈んだだけなのか、見届けたかった。他の人にとっては目立たない小石であっても、私にとってそれは一年以上の時間をかけて丁寧に研磨した宝石だ。その行方を確認する責務は私にはある。

検索ボックスに「柳佳夜」を入力し、検索ボタンを押した。検索中であることを示すぐるぐるマークが表示されている一秒の間に、私は深呼吸をし、自分の不在を受け入れる心の準備をする。

しかし意外なことに、検索結果欄には夥しい数のツイートが表示された。「柳佳夜」は、思ったより遥かに頻繁に言及されていた。一番新しいツイートは二十五秒前のもので、次のは六分前、その次は十六分前、更にその次は十九分前のものだった。

〈柳佳夜カッコいいよなー。テレビとかに出てほしい（適当）〉

〈柳佳夜ってめっちゃ人気出てるけど無名の時から追っかけてた俺は古参として誇っていいよね?ダメ?〉

〈柳佳夜様しか勝たん。何があっても応援します。一生ついていく〉

〈柳佳夜様は設定も面白いし考察深められるし何よりその狂人ぶりはマジ最高なのでたくさん血を吸ってほしい↑〉

スクロールしてもスクロールしても柳佳夜関連ツイートが次々と出てきて、遡っても遡っても言及の洪水が絶え間なく雪崩《なだれ》てくる。眩暈がしそうになり、驚きとも喜びともつかない興奮のせいで心拍が速くなって顔まで熱くなった。しかしあるところまで遡ると、無数のアカウントによって熱をもって語られたり賞賛されたり、時には僻みや嫌味を言われたりしているその「柳佳夜」が私ではないということに、とうとう気付かざるを得なかった。

四月のエゴサの時に発見した、吸血鬼気取りVTuberなのだ。

ツイートの濁流を眺めている間に興奮で過熱しそうになっていた頭が、その事実に気付いた瞬間にさっと真っ白になった。胃がぎゅっと締め付けられ、熱くなっていた身体から体温が急速に失われていくのを感じ、寒気で手足が震えそうになった。変わらないのは心臓の鼓動で、バクバクとした拍動の音が鼓膜を中からしきりに引《ひ》っ叩《ぱた》いた。空っぽのまま、吸い込まれるように私はそれらのツイートをただただぼうっと見つめた。

検索画面を離れ、設定メニューからブロックリストに入り、四月にブロックしたVTuberのアカウントを探し当てた。「柳佳夜ー吸血鬼系VTuber@１００万登録あと少し！」という名前のアカウントのブロックを解除すると、プロフィール画面が表示された。アイコンは四月の時と違うものになっており、デザインは踏襲しているがディテールがしっかり描き込まれていて、明らかにプロの絵描きの手によるものだった。フォロワーの人数に自然に目が向いた。403,259である。

消されている。柳佳夜が消されている。それどころか、誰かによって成り代わられようとしている。

検索画面に戻り、もう一度「柳佳夜」を検索し、結果を遡る。何十件何百件と遡っていく。しかしいくら遡っても、人々が〈尊い〉と崇めたり、〈血を吸ってほしい〉〈生け贄なう〉〈佳き夜があらんことを〉などとはしゃいだりしながら呼びかける「柳佳夜」は、どれも忌々しい吸血鬼のなり損ないであり、小説家の「柳佳夜」はどこにもいなかった。ツイートの数があまりにも多く、その濁流をいくら遡っても、源には辿り着けない。前作「鳥殺し」を発表した時に僅かに引っかかった数個のツイートも、あの〈これから図書館で「群晶」読むぞ〉ですらも、吸血鬼のなり損ないの熱狂的なファンたちの言葉によって遠い過去へと流されており、もはや見つからない。

ふと、例の「幸福発電所」のアカウントを思い出した。ブロックリストに入ってそのアカウントを探し当て、暫く迷った後、ブロックを解除した。今となっては、小説家・柳佳夜の存在を証明できるのはこのアカウントの流すスパムツイートしかないのだ。

しかし、プロフィール画面に入って暫く遡っても、「柳佳夜」の名前は見えてこない。このアカウントは相変わらず一日に何十件ものスパムツイートを垂れ流しているが、柳佳夜はもうそこにはいない。

小説家・柳佳夜は、スパムツイートの言及対象としての価値すら失っているのだ。

著名作家の名前に言及しながら垂れ流される怪文書ツイートの群れを、私は暫くぼうっとしながら眺めた。それらのツイートには当然ながら、川上冬華の名前も使われている。

もう一度虫眼鏡アイコンをタップし、検索画面に入る。今度は小説のタイトル、「遠くの痛みに捧げる」と入力。引っかかったのはたった一件、『群晶』編集部の「次号予告」だった。「柳佳夜一吸血鬼系VTuber@100万登録あと少し！」のプロフィール画面に入り、そこに掲載されているリンクをタップする。YouTubeアプリが立ち上がり、チャンネルが表示される。四月の時点ではまだ見向きもされていなかった弱小底辺VTuberだったが、今や登録者数が九十九万を超えている人気チャンネルになっている。動画一覧を表示すると、ほとんどの動画は再生回数が五十万回を超えている。最新の動画「【目指せ100万登録！】金の盾を飾ったら僕の邸宅をご覧に入れよう」は、再生回数が二百万回だった。

動画を再生してみた。大きな三日月が夜空に懸かっている荒廃した古城を背景に、黒のレースがついた真っ赤なドレスを身に纏う吸血鬼のなり損ないのアバターが映し出される。そのアバターは四月に見たものとは明らかに違うもので、表情の細やかさも手足の動きの自然さも、作画のクオリティーも段違いに上がっている。踝まで届く長い銀髪が風に揺れる様までとても自然に見えて、本当に生きているようだった。芝居がかった身振りで、アバターは喋り始める。

〈生け贄の諸君よ、今宵もご機嫌麗しいようで何よりだ。僕の名は柳佳夜、魔界帰還を目指し現世を彷徨う高貴なる一族の末裔である。刹那の交わりとはいえ、生け贄の諸君とともに今宵を過ごせることに感謝しよう。さて、そんな生け贄の数なのだが、なんと、既に九十八万を超しているのだー（ファンファーレと拍手の効果音）。そう、百万人まであと一息、僕にしてはよくできたものだと思わないかい？　まあ、魔界帰還を果たすには百万など全く足りないものだが、諸君の尽力にはお礼をしなければ一族の名を汚すことにもなろう。そこでだ。現世の摂理では百万の生け贄が集まると、金の盾というものが届くというではないか。そこで僕は閃いた。金の盾を宝物庫に加えた暁には、感謝の印として、僕の邸宅を生け贄の諸君にご覧に入れよう〉

要するに百万登録を達成すると部屋の中を見せるという YouTube ではありきたりな企画な

のだが、尊大な言葉遣いと少年みたいなハスキーな女声とのギャップ、そしてアバターの美しいビジュアル、それらの要素を合わせると確かに奇異な魅力を感じさせる。これが柳佳夜を消した張本人だ。画面の中で大袈裟に瞬きしたり手を振ったりしている吸血鬼のなり損ないを見つめながら、私はやりきれない気持ちになった。

まだだ、と私は自分に言い聞かせる。新作は、まだ世に出たばかりだ。作品が読まれるのも、時評で取り上げられるのも、全てこれからだ。小説家・柳佳夜はゆっくり存在を取り戻していけばいい。来月、次の芥川賞候補が発表される。今回の作品も選考対象なので、候補に上がる可能性だってある。吸血鬼のなり損ないになんて負けてたまるか。

アプリを閉じてスマホを放り出し、私はベッドに潜り込み、布団を頭まで被った。

それからの二週間は毎日十回以上はエゴサしている。「柳佳夜」と検索しても吸血鬼のなり損ないしか出てこないので、キーワードを「遠くの痛みに捧げる」「柳佳夜 痛み」「柳佳夜 群晶」などに変える工夫をした。しかし小説に言及する人はほとんどいなかった。

二週間後のある日、いつも通りエゴサをすると、あるツイートが目についた。

〈えっ⁉知らないの私だけ?文芸誌『群晶』に、柳佳夜様の小説が載ってたんだが……（困惑）〉

『群晶』の表紙とともに投稿されたそのツイートは千回以上リツイートされ、リプライも五百件ほどついていた。

〈えっマジで？柳佳夜様が小説を？〉

〈ヤバッ！これ買わなきゃ！〉

〈（アンケート）柳佳夜様の小説は　読んだ／これから読む／読まないけど保存用に買う〉

〈例の小説の件だけど公式発表ないので本物かどうか疑わしいな。炎上商法では？〉

〈小説ざっと読んだ。つまんないしたぶんこれ本人じゃない。巻末に載ってるプロフィール、出生年違うし〉

〈柳佳夜様が生まれたのは千年以上前だもんな〉

〈偽物ワロタ〉

〈なになに？盗作疑惑？〉

〈これ、訴えられるレベルでは？〉

〈いちお稿壇社の電話番号載せとくね〉

〈みんな一旦おちつこ？たまたま名前がかぶっただけかもしんないし〉

〈パクリ擁護乙〉

〈稿壇社は大手だから下手に電凸すると柳佳夜様に迷惑をかけかねないから気をつけて〉

気付いたら「柳佳夜」がツイッターのトレンドになった。その下には「トレンドトピック：小説，パクリ」とあった。
増え続けるツイートを見ていると血の気が引いていくのを感じ、生きた心地がしなかった。慌ててスマホの電源を落とし、引き出しの最下段に放り込む。トイレに行こうと思って立ち上がった拍子に膝をデスクワゴンに思いっきりぶつけ、大きな音を立てた。激しい痛みに思わず膝を押さえてしゃがみ込むと、佐藤さん、どうしたの？　大丈夫？　と桜庭さんが振り返り、何事かという表情で訊いてきた。大丈夫、平気。痛みに耐えながら答え、私は逃げるようにオフィスエリアを離れ、トイレに駆け込んだ。ズボンを下ろし、便座に腰をかけると、膝頭に大きな痣ができたことに気付く。
その日の退社後、帰りの電車の中でスマホの電源を入れた。不在着信が何件も入っていて、どれも宮崎さんからだった。メールも一通届いていた。〈群晶宮崎です。至急電話をください。宜しくお願いします〉
家に帰り、ベッドに横たわったまま、宮崎さんに電話すべきかどうか暫く迷った。ツイッターアプリを立ち上げる。「柳佳夜」はもうトレンドから消えていた。検索ボックスに「柳佳夜」を入力するといきなりサジェストに「柳佳夜　小説」「柳佳夜　パクリ」が表示され、衝撃でスマホを床に落とした。ドンッと重い音が部屋に響き渡ると、すぐにまた静まった。拾うのも億劫で、そのまま寝返りを打ち、スマホを落とした方向に背を向け、身体を丸めて目を閉じた。

しかし数分と経たないうちに、スマホがまた音を立て始めた。着信が入ったことを示すバイブレーションにより、スマホはフローリングの床で蠢き、耳障りな振動音を一頻り鳴らし続けた。その音に誘発されてか頭が痛くなり、とても我慢できないのでスマホを拾い、電話に出た。

「もしもし？　柳さん？　『群晶』の宮崎だけども」

「はい」

「あのね、ちょっと確認したいことがあるんだけど」

「ツイッターのことですか？」

「なんだ、知ってたのか。なら話が早い。あれはどういうこと？」

宮崎さんもまた、私が吸血鬼のなり損ないの名前をパクったのではないかと疑っているのだ。怒鳴りたい欲望をぐっと抑え込んで、私は努めて冷静に説明しようとした。そもそもあのVTuberが現れたのは今年四月で、私が「柳佳夜」の名前で一作目を発表したのは去年十二月であり、あの吸血鬼のなり損ないのツイッターアカウントやYouTubeチャンネルを遡ってみれば、時系列的にはっきり分かるはずだと。口調からしてまだ半信半疑のようだが、宮崎さんは一応こちらの言い分を聞き入れ、部内で報告する、と言って電話を切った。

全てが馬鹿馬鹿しくなった。小説も読まず、きちんと調べもせず、好き勝手に騒ぎ立てるネット上の有象無象ならともかく、編集者の宮崎さんまでこちらを疑っている。一体自分は何のために書いているのか、分からなくなった。一生懸命書いたってどうせ誰にも届かないし、あげくの果てに顔も正体も分からない吸血鬼のなり損ないによっていとも簡単に存在を奪われてしまった。

吸血鬼のなり損ないのチャンネルにアクセスし、動画一覧を表示した。動画はほぼ毎日配信されており、本当に暇なやつだと思った。ゲーム実況、質問コーナー、歌ってみた、詩の朗読、手描きMV、雑談、ASMRなど、多岐にわたるジャンルの動画が上がっている。ゲームや歌には興味がないので、質問コーナーの動画から適当に一本選んで再生してみた。

〈生け贄の諸君よ、今宵もご機嫌麗しゅうございます。僕の名は柳佳夜、魔界帰還を目指し現世を彷徨う高貴なる一族の末裔なのだ。……。なのだ（テロップツッコミ：キャラがぶれちゃって動揺が隠せない吸血鬼であった）。さて、今宵も多くの生け贄がマシュマロの供物を献上した。諸君の殊勝な心がけ、褒めて遣わそう（ファンファーレと拍手、歓声の効果音）。閑話休題、生け贄の問いに早速答えていこう。まず最初のマシュマロ、「どうすれば生け贄になれますか？」。ふん、愚問だな。マシュマロを献上している時点で、君はもう既に立派な生け贄なのだよ。はっきり自覚してくれたまえ。次のマシュマロ……〉

こんな動画の一体どこが面白いのか、よく分からなかった。背景の絵や3Dアバターは確かに綺麗だが、話は中身がほとんどなく、身内のじゃれ合いにしか見えない。吸血鬼のなり損ないのバーチャル人形が喋っているだけの動画を百万人も喜んで観ていることが不思議でならない。他の動画も再生してみた。〈今宵もスーパーマリオメーカーで思いっきり跳躍と疾走を楽しもうではないか〉寒い。〈生け贄の諸君のために、鎮魂の詩を捧げよう〉ウザい。〈(囁き声で)生け贄の、諸君、今宵も、観てくれて、感謝するぜ〉鳥肌が立った。〈ゆめなーらば、どーれーほど、よーかったでーしょー〉歌はそれなりに上手いがこれを聴くくらいなら本家を聴くべし。

様々な動画を観ているうちに、ふと一つ、不思議な感覚が浮かんだ。この吸血鬼のなり損ないは、身体に苦しんでいる様子が全くないのだ。

もちろん、テレビに出ている歌手や芸能人、アイドルだって、カメラの前では苦しむ姿を見せることはない。しかし彼らとて間違いなく身体を、肉体を持っている存在であることは一目で分かる。肉体を持っているから病気にもかかるし、老いていくし、訃報の主役にもなる。身体への奉仕として食事もしなければならないし、肉欲に囚われて不倫もする。そんな人たちを見ていると、ちょうど自分自身に抱いている感情のように彼らのことが哀れに思えてくる。画面に映っていないだけで、きっと彼らも頭痛や歯痛や胃痛や腹痛や腰痛や生理痛に苦しみ、風邪や花粉症や下痢や吐き気や熱やＰＭＳに苛《さいな》まれているのだろう。

ところがこの吸血鬼のなり損ないは違う。３Ｄアバターは肉体を持たない。画面に映っているその身体は肉体ではない。喋ったり笑ったり首を振ったり眉を顰めたり歌を歌ったりしているくせに、肉体を持っていないのだ。肉体を持っていないから身体の重さを背負わされることもなければ、進化の結果や生物としての役割を押しつけられることもない。陽射しが眩しくてくしゃみをすることもなければ、花粉症で目が痒くなったり鼻水が垂れたりすることもない。私が背負わされているそれらの全てを超越した存在として、肉体を持たない一つの精神として、ネット空間に刻印されている。

これはある意味、私が理想としていた存在の形ではないか。

そんなこと、あるわけがない。この吸血鬼のなり損ないだって、本当は肉体を持った存在としてどこかにいるはずだ。身体の代わりに３Ｄ人形を捏《こ》ね上げたとしても、本当の身体はどこかにあるはずだ。

肉体を持たない存在なんて、ただの欺瞞だ。欺瞞を暴いてやる。

その身体の在り処を突き止め、肉体の存在を突きつけてやる。

そう考えると俄然力が湧いてきて、重かった身体が一気に軽くなった。私はベッドから起き上がり、パソコンの前に座る。ブラウザを立ち上げてツイッターにアクセスし、「柳佳夜一吸血鬼系VTuber＠１００万登録あと少し！」のプロフィール画面に入った。「メディア」のタブをクリックし、そこに上がっている画像や動画を上から順番にチェックしていく。ほとんど３Ｄアバターのスクリーンショットや YouTube 動画の切り取りだが、リアルの写真もあった。ある程度遡ると、一枚の写真が目に留まった。花火の写真だ。画像とともにツイートされたテキストは、〈会場なう。これから生配信するよー。僕と一緒に花火見ようよ〉だった。

日付を確認すると、七月二十八日、土曜日。隅田川花火大会の日だ。この吸血鬼のなり損ないは、隅田川花火大会に行っていたのだ。

別の窓で YouTube を開いて、七月二十八日の動画を探した。案の定、隅田川花火大会の長尺のライブ配信動画を見つけた。その動画は他とは違い、背景は絵ではなくリアルな花火大会会場であり、合成技術でも使っているのか、吸血鬼のなり損ないのアバターが会場に立っているように見せている。人の群れから少し離れたところで、花火が次々と打ち上がっているのを背景に拍手したり、〈現世の娯楽もなかなかのものだな〉〈五百年前はこんな綺麗なものはなかった、生け贄の諸君は良い時代に生まれたものだな〉〈たーまやー〉などのトークを挟んだりした。開《ひら》けた広場みたいな場所だが、遠くの建物も映っていて、浅草のあの特徴的な金色のオブジェもはっきり見えている。

更に別の窓でグーグルマップを立ち上げ、隅田川花火大会の会場付近のストリートビューを表示させた。動画の背景と細かく照合しながらストリートビューを少しずつ動かし、動画に映っている場所を探した。一時間ほどして、およその場所が特定できた。隅田川の河岸で、浅草駅から徒歩三分のところだ。

ツイッターに戻り、花火大会前後のツイートを読み漁る。すると、

〈今から邸宅を出る。30分以内には会場に着くだろう。生け贄の諸君よ待機のご用意を。大輪の火の花に彩られる美しき夜をともに堪能しようではないか〉

というツイートを発見した。

四つ目の窓を開き、不動産サイトにアクセスする。浅草駅まで電車で三十分圏内の範囲に、おおよそのあたりをつける。これで吸血鬼のなり損ないが住んでいる可能性のある地域が大体分かった。

しかし、浅草駅まで三十分の駅はざっと百七十くらいはある。他に手がかりはないかとツイートを更に一時間読み漁ったところ、あるツイートが気になった。

〈生け贄の諸君に紹介しよう。これは僕と千年の歳月をともに歩んできた、親愛なる眷属の一人（一匹？）だ。どうだ、可愛かろう？〉

そんなテキストとともに投稿されたのは、猫のアップの写真だった。真っ黒でつぶらな瞳をしているその猫は、カメラに向かって首を傾げて媚態を振り撒いている。

猫の写真を見て、アイディアが浮かんだ。その写真をダウンロードし、画像編集ソフトで開く。案の定、写真を限界まで拡大すると、猫の瞳に人間のシルエットがぼんやり映っているのが分かる。写真の解像度が低く、顔や体つきまでは分からなかった。ネットで一頻り検索すると、AI技術を活用したノイズ除去や画質向上ツールが見つかったのでそれをダウンロードし、写真を読み込ませる。すると、人間のシルエットが少しだけ鮮明になった。髪型や体つきから、若い女性だと推測できる。

この吸血鬼のなり損ないは、浅草駅三十分圏内に住んでいる、若い女性なのだ。

とはいえ、これ以上絞り込むのは難しい。外食の写真からレストランを探したり、天気の話から地域を推測したり、不動産サイトの物件情報を参照したりなど色々やってみたが、細かい特定には繋がらなかった。数時間に及ぶ集中作業で疲れ果てて、肩甲骨から腰にかけての筋肉が凝っていて鈍く痛む。私はパソコンを離れ、重たい身体をベッドに放り込んだ。

仰向けになったまま、手に持っているスマホで吸血鬼のなり損ないのプロフィール画面を開き、見つめながら暫く迷った。

ほどなくして決意をし、「フォロー」のボタンを押した。

＊

炎上騒ぎが鎮火するまで、三日間かかった。その三日の間に「柳佳夜　群晶」「柳佳夜　小説」といったキーワードを検索すると〈名前をパクってまで売名したいのかみっともない〉〈柳佳夜様を侮辱するな〉みたいなツイートばかり引っかかるので、エゴサをするのがすっかり怖くなった。前作「鳥殺し」が掲載された『群晶』の目次画像とともに〈小説の方の柳佳夜さんは完全に別人で、名前は偶然の一致では？ VTuber の柳佳夜さんより活動開始時期が早かったようだし〉と呟いた人もいたがあまり拡散されず、多くの人にとって作家の柳佳夜は依然として VTuber の柳佳夜のパクリだった。

吸血鬼のなり損ないはこの騒動には全く触れず、相変わらず他愛もない雑談動画やゲーム実況動画を上げていた。それが一番むかついた。ぽっと出の吸血鬼のなり損ないのせいでこちらが偽物扱いにされたのだから、何か釈明があってもいいのではないか。『群晶』編集部はと言えば、パクリではなく単なる偶然だと分かってはくれたものの、変に声明を出すと火に油を注ぎかねないと判断したのか、公式アカウントでは何も言わず、事態が収束するのをただ待っていただけだった。あるいは私のためにそんなリスクを冒す必要はないと判断したのかもしれない。前途有望の川上冬華のためなら看過できず、声明を出していたのかもしれない。

炎上騒ぎが関係しているかどうかは分からないが、結局「遠くの痛みに捧げる」はどこの新聞の文芸時評にも取り上げられなかった。『週刊真潮』の文芸時評欄だけ、「柳佳夜「遠くの痛みに捧げる」に関しては一時、作者の名前が人気VTuberと被っているとのことでネット上で騒ぎになったが、数日経たずに沈静した。所詮文学が集められる注目なんてこの程度のものかもしれない」と書いてあって、冷笑的な口調も、もっと炎上すればいいのにと言わんばかりの野次馬根性も気持ち悪かった。しかも肝心な小説の内容には全く触れていない。翌月『文学会』の「新人小説月評」では取り上げられてはいるが、「柳佳夜「遠くの痛みに捧げる」、痛覚を持たない女性がＳＭに出逢うという筋書きは新味があるが、もっと物神的《フェティッシュ》な描写を求めたい」という具合の短い言及しかなかった。「新人小説月評」では過去半年間に発表された純文学小説のベスト５も挙げられているが、案の定、川上冬華の小説がランクインしている。

そのツイートを見かけたのは、芥川賞候補が発表された十二月中旬だった。〈川上冬華さん、また芥川賞候補に！〉〈川上さん、今度こそ取ってほしい！三度目の正直！〉〈芥川賞候補、発表されたか。覗いてみたけど川上冬華以外知らない人ばかりだった〉〈ＰＲ目的の賞なんていつまでやるのかな。年一回でいいと思う〉みたいな内容がタイムラインに大量に流れてくる中、吸血鬼のなり損ないのツイートも交ざっていた。

〈あと数日で生誕の日を迎える。千年以上生きているから年齢はとっくに忘れているが、誕生日とは祝いたいものだ。ということで現世の風習に倣って「欲しいものリスト」を作ってみた。何か贈ってくれると喜ぶぞ！もらったものはメッセージと一緒に動画で紹介するね〉

「欲しいものリスト」とはアマゾンを経由して、その人の欲しいものを匿名で贈れるサービスだ。それを見て、これだ、と思った。フォローした甲斐があった。

ツイートにつけられているURLをタップするとアマゾンの画面に遷移し、チョコレート菓子、マグカップ、猫缶、ウェブカメラ、マイク、ワイヤレスコントローラー、3Dモデリングの教科書、ぬいぐるみ、アマゾンギフト券など、雑多なジャンルの商品が表示されていた。少し迷ってから、チョコレート菓子を一箱、メッセージをつけずに贈ってみた。

アマゾンで商品を注文すると、追跡番号が発行される。その番号を配達業者のウェブサイトに入力すると、荷物の配達状況が確認できる。何月何日の何時何分に、注文した商品がどこに到着したのかが追える。そこから配達先住所を担当する営業所が分かるのだ。

商品を注文したのは金曜日の夕方で、それ以来一時間おきに配達状況をこまめに確認した。「荷物状況」の欄では「荷物受付」「発送」に続き、思惑通り日曜のお昼ごろには「配達店到着」が表示された。「担当店名」の欄に表示されているのは江東区、亀戸駅近辺の配達店だった。つまり吸血鬼のなり損ないは、その近くに住んでいるのだ。浅草駅三十分圏内という条件にも合致している。早速出かけ、亀戸駅へ向かった。

やはり吸血鬼のなり損ないも生身の人間なのだ。痛みも苦しみも感じず、歳も取らないかに見えるバーチャル空間の3D人形という虚飾を被ったところで、本物の肉体はウイルスに侵入されると病気になるし、転ぶと怪我をする。私と同様、自分の意思とは関係なしに毎月せっせと受精の準備をし、股の間から血が出るだろう。「肉体鍊成」とはよく言うわ。本物の肉体は他のあらゆる肉体と同じ、自身の意思ではどうにもならないところで作り出され、押しつけられただけだというのに。そんなことを、電車に揺られている間にぼんやり考えた。

日曜午後の亀戸駅はそれなりにたくさんの人が行き交っている。駅ビルから一歩外に出ると、冷たく乾いた風が吹いてきて顔の肉を刺す。からっと晴れている日で、煙のような巻雲《けんうん》が空の高いところで筋を引いている。

現地まで来たはいいが、吸血鬼のなり損ないの詳しい住所を知っているわけではない。どこへ行くべきか少し迷い、とりあえず配達店へ向かうことにした。

駅の南側にある幅の広い国道を渡ると、大型商業施設が目に入る。施設前の広場では大道芸をやっている芸人がいて、その芸人を囲む形で人の壁ができている。商業施設の中を通って裏口から出ると区立幼稚園と小学校の校庭があり、子供が遊ぶ声が微かに聞こえてくる。更に数分歩いたところ、何の変哲もない住宅街の一角に目当ての配達店があった。全体的に緑にペイントされている、なかなか特徴的な外観だ。

その緑の建物は車庫として使われているようで、配達トラックが何台も止まっているだけで、トラックには人が乗っていないし、配達すべき荷物も見当たらない。更に一つ隣の建物こそが倉庫らしく、店頭の台車にも奥の籠にも荷物がびっしり積み上がっていて、緑の制服を着たスタッフが忙しなく動き回っている。その建物は二階建てだが、トラックやフォークリフトなどの作業用車両が出入りしやすいようにするためか、一階部分の天井がかなり高い。

初めは道路を挟んでこっそり見ていただけだが、次第に肝が据わってきて、道を渡って店先まで近づいた。スタッフたちは荷物をトラックに積んだり仕分けたりして作業に没頭しているので、誰もこちらには気付かない。店頭に積んである荷物をこっそり覗いてみる。アマゾンのマークが描いてある段ボールはいくつもある。その中に私が注文したチョコレート菓子も入っているかもしれない。そう思ったとたんに緊張してきて心臓がバクバクする。私が注文した商品なら、荷札には送り主として私が入力したニックネームが記載されているはずだ。その荷物さえ見つけることができれば、受取人の欄に書いてある住所こそが、吸血鬼のなり損ないが住んでいる場所なのだ。荷札の文字さえ読めれば、探すことができる。しかし荷札の字は小さく、覗き見だけではなかなかはっきり読み取れない。

「お客様、何かお探しですか？」

きょろきょろしていると流石に不審がられ、一人のスタッフに声をかけられた。いや、と反射的に声が出そうになったが、ふとアイディアが浮かび、荷物を、探しています、と恐る恐る切り出してみる。最初こそ緊張のせいで声が小さく、つっかえながらでしか話せなかったが、話しているうちにだんだん勇気が湧いてきて、言葉がすらすらと出てくるようになった。アマゾンで注文した商品なんですが、なかなか届かなくて、調べたらこちらにあるようなので来てみました。言葉にしてみると、確かにその通りだと自分まで信じてしまいそうになった。

少々お待ちください、とスタッフが言ってから奥へ入っていった。ほどなくしてもう一人のスタッフが出てきて、追跡番号を訊いた。追跡番号はスマホに控えてあるので、それを伝えた。番号を聞き取ったスタッフがまた中へ入っていった。待っている間、心臓が激しく鼓動し、みぞおち辺りの筋肉もぴくぴくと小さく引き攣る。交感神経が昂り、アドレナリンが盛んに分泌されているのを感じる。もう少しで、吸血鬼のなり損ないが住んでいる場所が判明するのだ。

暫く経ってから、スタッフがまた出てきた。

「お待たせ致しました。お客様のお荷物はですね、ちょうどさっき担当ドライバーが配達に出向いたばかりなんですよ。システム上では配達完了ってなってるんで、ひょっとしたらお客様と行き違いで、ご家族のどなたかが受け取られたんじゃないかなと思いますね。もしまだ届いていないようだったら、遅くとも本日中には到着すると思うんで、暫くおうちで待っていただけますか？」

その言葉を聞いて、胃の中が空っぽになるような失望を覚えた。ニアミスとはこういうことだ。ほんの少し、ほんの少しだけ早めにここに着いていたら、あるいは間に合っていたのかもしれない。配達先の住所を訊いてみようかとも考えたが、たぶん疑われるのでやめることにした。お礼を言って、配達店から離れた。

スマホで配達状況を調べると、確かに「配達完了」と出ている。「配達店到着」の時刻から「配達完了」の時刻までの差は僅か二時間。恐らく私がここへ向かっていた時に配達されたのだろう。こんな時に限ってなんでそんなに効率がいいんだよ、と少し恨めしい気分になった。このまま帰る気にはなれず、配達店の周辺を暫くうろついた。どこにでもあるような閑静な住宅街で、マンションや一軒家がたくさん建っていて、陽射しを遮って影を落としている。その影に入ると気温が何度も下がったように感じ、思わず肩をすぼめる。一軒家の軒先には自家用車が止まっていて、集合住宅のベランダには洋服やら下着やら布団やらが乱雑に干してある。

トン、トン、トンと音が鳴り、見上げると、四角いマンションの箱にポストの穴のように整然と並んでいるベランダの一つで、中年女性が布団叩きを手に布団を叩いている。外壁が赤煉瓦になっている別のマンションのベランダで、中年男性がトランクスを丸型ハンガーに吊るしている。更に別のマンションで窓が開いているベランダがあり、二十代くらいの男性がソファに凭れかかってテレビを観ている。小学校の方からドッジボールの音がする。烏が空を横切っていき、カァーカァーカァーと断続的に鳴く。それは日常的であるのと同時に、どこかうら寂しさを感じさせるような鳴き声だった。

一つひとつのベランダの奥にはそれぞれ異なる人間がいて、それぞれ異なる人生を送っている。性別も年齢も職業も趣味も悩みも好きな人のタイプも、これまでの経験もこれからの人生も大きく違うはずにもかかわらず、外から見ればどのベランダも同じく見えるように、距離を置いて見ればどの人の生活も実に似通っている。身体を持ってしまった人間たちが営む、ごく普通の日常生活。生存するためには摂食しなければならず、繁殖するためには交尾しなければならない。寒ければ着る服を増やし、暑ければその服を脱ぎ、病気になったら薬を飲む。寝て、起きて、食べて、飲んで、排泄して、そしてまた寝る。終わりの見えない、閉じられた輪っかの中でぐるぐる回ることで、生物としての役割が果たされ、進化の仕組みが成就される。環境に適応した個体を増やすことこそが生存競争と進化の目的だとしたら、それほど不毛な目的はない。決して釣り合わない快と不快を引き受けるために身体があるのだとしたら、身体を作り出し、維持すること自体が罪悪とすら思える。誰もそんなことにうんざりしないのが不思議でならない。いや、うんざりしたからこそ、吸血鬼のなり損ないは不老不死の虚像を作り出したのかもしれない。しかし虚像は虚像でしかない。結局あの吸血鬼のなり損ないもまた、目の前にある無数のベランダのうちのどれかの奥で、閉じられた不毛な輪っかの中を日々ぐるぐる回っているだけの存在に過ぎない。

歩き疲れて、お腹も空いたので、駅の近くで食事できる場所を探す。そしてたまたま見かけた吉野家に入り、メニューを読むのも億劫なので一番大きく印刷されているものを頼む。出てきた牛丼を掻き込みながら、ふつふつと沸き立つ自身への嫌悪感と空虚感に苛まれる。自分は一体何をしているのか、ここまで来て一体何がしたいのか、身体を持つことにうんざりすると言いながら、こうやって毎日律儀に摂食してその身体をずるずる存続させているのは他でもないこの自分なのではないか。そう考えると、吸血鬼のなり損ないへの憎しみも単なる八つ当たりのように思えてきて、その八つ当たりに依存している自分の不毛さにより一層うんざりする。

家に帰り、座椅子に身体を放り込む。背もたれにだらんと背中を寄りかからせぼうっとしていると、疲労が溜まっていたからか身体の奥底から欠伸《あくび》が湧いてきて、抵抗する術もなく口が勝手に大きく開いてしまった。顎が引き攣ってしまいそうな大きな欠伸だった。長い息を吐き出すと、胃酸にたっぷり浸かった、饐《す》えた肉の臭いが口腔と鼻腔にねばついた。

スマホを取り出し、YouTubeアプリを開く。吸血鬼のなり損ないが生配信をやっていることに気付き、タップして動画を再生する。見慣れた3Dアバターと古城の背景が画面に表示される。

〈今宵も生け贄の諸君からの献上品を紹介していこう。今日も生け贄さんから献上品が届いたぞ。しかも僕の大好物のフェレロ・ロシェときてる。懐かしいな、今から七百年前だったかね、親愛なる眷属とともにイタリアを流離《さすら》っていて、ちょうどペストで人間がバタバタ死んでいた時期だったんでね、吸血鬼もかなり困ったものだよ。何しろ死んだ人間の血は汚れていて、とても飲めたものじゃなかったからね。そんな時は代わりにココアを飲んで腹ごしらえしていたのだ。そう言えば、当時はまだ食べるチョコレートがなかったな。ココアにも唐辛子を入れていたのだけれど、その味は実に……やはり現代の方が美味いわ。それはそうと、今回献上品を贈ってくれた生け贄さんは随分とシャイな方のようだね。メッセージは何も書かれていない。とにかくサンキューな、グラツィエ！　感謝するよ〉

うんざりしてスマホの画面を切り、床に放り出した。首の窪みを座椅子の背もたれの上縁に預け、顔を天井に向けて目を閉じた。シーリングライトが瞼を通り抜けて眼球を突き刺し、首の後ろの筋肉が圧迫されるような感触を覚える。いちいち身体の存在をアピールしてくるそれらの知覚に嫌気が差すが、逃げ場はどこにもない。

＊

年末年始の連休中に、吸血鬼のなり損ないは動画も上げていないし、生配信もやっていなかった。まさか血を分けた眷属を失った吸血鬼も人間風情みたいに帰省などしていないだろうな、と心の中で皮肉った。ツイッターのタイムラインではたまに川上冬華のインタビュー記事が流れてくる。記事に掲載されている写真は東京で撮影されたと思われるが、菜摘ちゃんから特に連絡はなかった。東京に来る時はいつも食事に誘ってくれていたのに。どうせ取材や新刊の準備で忙しいだろうから、こちらからも連絡しなかった。

吸血鬼のなり損ないの新着動画がアップロードされたのは、連休最終日の夜だった。「【祝！100万登録！】吸血鬼の邸宅大公開！【feat. 金の盾】」というタイトルの動画で、サムネイル画像は少しだけモザイクがかかった格式高そうな洋館だった。再生してみた。広告の後、生け贄の諸君、という聞き慣れた挨拶がスマホのスピーカーから流れた。

〈生け贄の諸君、今宵もご機嫌麗しいようで何よりだ。さあ、いよいよこの日がやってまいりました！　チャンネル登録者数、百万人トッパーーーーーッ（歓声と拍手の効果音）！！！そうなの。そうなのだよ。生け贄の諸君の尽力により、なんと、僕の邸宅にも、噂の、あの金の盾が届いたのだっ！　いやー、いずれは魔界に帰還する身とはいえ、こんな栄誉を頂くのはやはり身に余る思いだ。素直に喜ばせてもらおう。ということで、生け贄の諸君への感謝の気持ちを込めて、約束通り、今回は僕の邸宅をご覧に入れよう（歓声とファンファーレの効果

音）！　といっても、だ――〉
　こんな調子で御託が暫く続いた。要するに今は眷属と魔力を失っているから人間に擬態せざるを得ない、だから邸宅といっても五百年前みたいな豪華な洋館ではなく現代の一般的な日本人が住んでいるような部屋に過ぎない、がっかりしないでほしい、というようなことを気取った言葉でだらだらと並べ立てた。
　冒頭のトークが終わると動画の背景が変わり、古城の絵から現実世界になった。隅田川花火大会の動画と同じ合成技術を使っていると思われ、現実世界を背景に３Ｄアバターが立っているように見せかけている。その背景はどこにもありそうなマンションの一室で、床には赤いカーペットが敷かれており、壁にはファンアートやアニメのポスターがたくさん貼ってあって、大きなタペストリーもかかっている。部屋を少しずつ映しながら、吸血鬼のなり損ないはゆっくり説明していった。ファンアートは全部生け贄から寄せられたものであること、タペストリーは思い入れのあるアニメの限定グッズであること、赤いカーペットは五百年前に住んでいた洋館から持ってきたものであること。そんな虚実入り混じった説明とともにカメラが動いていき、最後に作業スペースで止まる。
　Ｌ字型の広いデスクの上にモニターが二台設置されていて、その周りにはキーボードやマウス、スピーカー、ゲームコントローラー、ヘッドセット、ウェブカメラ、ゲームキャラクターの縫いぐるみなどが置いてある。吸血鬼のなり損ないのアクリルスタンドもあった。椅子は高価そうなゲーミングチェアで、マイクとポップガードはマイクアームによって宙に固定されている。吸血鬼のなり損ないはそれらの機材のメーカーや型番、値段や特長といった情報を順番に紹介していったが、私の目を引いたのは別のものだった。

作業スペースに移る直前に一瞬だけ映った部屋の隅っこ、そこには三段カラーボックスが一つあり、カラーボックスの天板にはアロマディフューザーが置いてある。ボックスの中には本が数冊とCDが数枚、そしてティッシュペーパーや化粧品といった生活用品が入っている。私の注意を引いたのはカラーボックスの最下段に入っているものだ。折り畳んで収納されているため全く目立たないが、その色と、僅かに見えるロゴから、それが何なのか私にはすぐに分かった。

会社のサマーフェスタで売っていた、限定仕様のトートバッグなのだ。

痺れるような震えが背中の腰辺りから生まれ、背筋を伝って徐々に上っていき、顎辺りまで到達し、そして瞬く間に全身へ拡散していったのを感じる。

吸血鬼のなり損ないは、サマーフェスタに来ていた可能性がある。

サマーフェスタに参加できるのは本社か関係会社の社員、またはその家族だけだ。

つまり吸血鬼のなり損ないは、私と同じ企業グループで働いているかもしれない。

ありえないことではない。私が働いている企業グループは本社だけで一万人を超え、関係会社まで含めると数万人規模の大企業なのだ。その数万人の中に、吸血鬼のなり損ないが紛れ込んでいる可能性がある。

もちろん、誰かからのもらい物かもしれないし、社員ではなく家族として参加したのかもしれない。百パーセントとは言えないが、その可能性があるだけで背筋がぞっとして、歓喜とも緊張とも恐怖ともつかない、様々な要素が綯交《ないま》ぜになった感情に襲われた。震える指で画面をタップし、動画についているコメントを確認する。

〈１００万登録おめでとうございます！〉

〈待ってました！〉

〈柳佳夜様の邸宅ｷﾀ━━━━(ﾟ∀ﾟ)━━━━!!〉

〈柳佳夜様マジで尊すぎて、とにかく尊い（語彙力）〉

動画が上がってから一時間も経っていないのに既に二百件もついたコメントを一通り読んだ。トートバッグに気付いている人はいなかった。それもそのはず、あのカラーボックスが画面に映ったのは僅か一秒未満だし、その最下段に収納されている目立たないトートバッグなど、誰も気にしなくて当たり前だろう。

翌日出社すると、早速サマーフェスタの運営事務局の人にメールを送り、人事部の業務に必要なのでサマーフェスタの来場者リストと限定仕様商品の購入者リストを送ってくれるよう頼んだ。サマーフェスタ入場時には社員証をかざす必要があるので、同伴家族ならともかく来場した社員は事務局側で把握している。商品の購入者については百パーセントではないものの、社員証内蔵の電子マネーで支払った場合、購入者と支払額はシステムに記録されている。支払額と商品の定価を照らし合わせれば、トートバッグを購入した人は概《おお》ね把握できるのだ。

午後になり、先方からリストが送られてきた。サマーフェスタに参加していた社員は三千を超え、家族まで含めると五千人を超えている。その三千余りの社員を人事システムと照合し、氏名、性別、年齢といった基本情報を抽出する。二十代の女性に絞り込むと、三十人くらいしかいない。その三十数人を購入者リストと突き合わせたところ、社員証で何らかの商品を購入したのは五人だけで、トートバッグの定価と同額またはそれ以上の金額を支払ったのは、僅か三人。

震える指でキーボードを叩き、三人の住所を人事システムで調べる。神奈川県横浜市……違う。東京都世田谷区……違う。東京都江東区亀戸……これだ！

小池嘉美《こいけよしみ》、二十三歳。ヘルスケア事業を担当する関係会社に去年四月に新卒で入社。勤務地は本社ビルではなく、日本橋にある事業所。人事システムの写真を猫の瞳に映っていたシルエットと突き合わせる。ショートヘアの髪型もぴったり一致している。

間違いない。吸血鬼のなり損ないの正体は、この小池嘉美なのだ。

圧倒的な勝利感が大きな波のように押し寄せてきて、私はその勝利感に身を任せた。千年前に魔界からやってきただと？　五百年間眠っていただと？　ネット空間に宿る精神だけの存在だと？　笑わせるね。この人だって二十数年前、どこかの男と女が生物の本能に従って交尾し、生物としての役割を果たした結果生み出された、肉を纏《まと》う哀れな存在に過ぎないというのに。十歳前後に胸が痛み出して膨らみ、十二、三歳のとき急に股から血が出て、それ以降月一で胸が張ったりお腹や頭が痛くなったりして血と子宮内膜が排出され、定期的に食欲と性欲に襲われてその処理に追われ、特定の季節になるとくしゃみしたり鼻水を垂らしたり喉が痛み出したり全身が怠かったり目が痒かったり充血したりし、ひょんなことで吐き気がしたり下痢したり眩暈がしたり熱が出たり倒れたり寝込んだりし、他者からは背が低かったり手足が短かったり顔の造作が悪かったり胸が小さかったり腰が太かったりなどと評価の対象にされ、歳を取ると骨粗鬆症になったり内臓脂肪や中性脂肪やコレステロールの値が高くなったり肝機能が悪化したり腫瘍ができたり加齢臭がしたり背中が曲がったり歩幅が狭くなったりし、それを遅らせようと思えば身体のケアに膨大な時間と精力を捧げなければならないような、哀れな存在だというのに。

「佐藤さんどうしたの？　にやにやして」

桜庭さんに言われてハッとし、いや何でもない、と真顔になって返事した。勝利感に浸り過ぎて顔に出てしまったようだ。気を取り直して、小池嘉美の住所をグーグルマップで検索した。確かに亀戸駅周辺に住んでいる。ストリートビューを表示させると——亀戸駅周辺をうろついていた日に見かけた、赤煉瓦の外壁のマンションなのだ。

さて、次はどうすればいいか考えた。会いに行くべきだろうか。ここまではギリギリセーフだとして、人事システムの情報に基づいて家まで突撃したら、明らかに職権乱用だ。

誰にも相談できず、一週間悩んだ。退社後にふとした思いつきで亀戸駅へ出向き、赤煉瓦の外壁のマンションの周りをうろうろしたりもした。そのマンションにはオートロックがなく、誰でも簡単に中に入って上階まで上れるらしい。しかし中に入る勇気はなかった。駅や路上で鉢合わせするかもしれないと思い、通行人の顔を注意深く観察したが、写真と同じ顔は見かけなかった。もっとも見かけたとしても、声をかけられたかどうかかなり怪しい。

更に数日経ち、芥川賞の結果が発表された。三度目の正直と呼び声が高い川上冬華の受賞となり、ツイッター上では早速話題が巻き起こり、〈受賞おめでとうございます！〉のリプライが何百件と川上冬華のアカウントに殺到した。発表直後に受賞会見があるので、帰りの電車の中で生中継を視聴した。

「今回の受賞作はＳＮＳに届く一通のメッセージから物語が展開されていく、非常に現代的な仕掛けなのですが、川上さんご自身もＳＮＳを活用なさっていて、ファンの方々とも積極的に交流されているように見受けられます。失礼ですが、川上さんは普段、エゴサーチされますか？」

ある新聞記者に訊かれ、川上冬華――菜摘ちゃんは首を傾げ、少し考えてから答えた。

「昔はだいぶしていたんですが、今はしなくなりましたね」

「昔はしていたのですね。どうして今はしなくなったんですか？」

「そうですね……必要性を感じなくなったから、かな」

――必要性を感じなくなった。

画面の中で、煌《きら》びやかな金屏風の前で、不敵な笑みを浮かべている菜摘ちゃんは確かにそう言った。よどみなく受け答えしている彼女の顔を見つめながら、胸に大きな塊がつっかえているように感じ、頭で何かを考えるよりも先に、投げやりな言葉が白蟻の大群のようにわらわらと身体の奥底から湧いてきて感情を蝕み、思考を占拠した。

あなたはわざわざ探しに行かなくても、自身の存在がきちんと確立されている場所にいるものね。

私みたいに、自分の存在を確認するために一生懸命にならなくて済むものね。

ネットの海で存在の欠片を漁るために、私がどれほど必死だったか、あなたはきっと知らないだろうね。

世界の虚空に声を響かせ、微かな反響を聞き取るために、私がどれほど死に物狂いで叫び続けていたかなんて、あなたはどうせ興味を持たないだろうね。

そうやって辛うじて拾えた微かな声も、掬い上げた存在の欠片も、結局いとも簡単に搔き消されてしまう。いや、消されたのではない。上書きされ、存在そのものを奪われてしまったのだ。吸血鬼のなり損ないに――小池嘉美という人に。

気付いたら電車を降りていた。降りたことのない、小さな駅のホームだった。そのまま反対側の電車に乗り、私は亀戸駅へ向かった。


赤煉瓦のマンションは四階建てで、一度エントランスに入る必要があるが階段は外階段で、誰かが階段を上ったり下りたりしている時に外から見える作りになっている。エレベーターはない。吸血鬼のなり損ないが住んでいるのは三階の３０４号室だ。不動産サイトでも検索した。その部屋は賃貸物件なので持ち家ではない。間取りは１Ｋ、つまり彼女は一人暮らしで同居人がいない可能性は高い。不動産サイトには室内の写真も載っていた。写真は何もない空き部屋の状態だが、壁紙の色と模様は「吸血鬼の邸宅大公開！」の動画に映っていたものと一致していた。

マンションを目の前にして、また躊躇《ためら》いが生じた。マンション前の道路をうろつき、誰かが部屋から出て階段を下りてこないかと暫く待った。しかし誰も出てこない。帰宅してくる人もいない。もう夜の九時半を過ぎているから、吸血鬼のなり損ないはとっくに家に着いていたのだろう。つまり、今は部屋の中にいるに違いない。YouTubeを開いて確認する。今日は生配信をやっていない。

勇気を出して、マンションに入る。簡素なマンションは管理人室がなく、本当に誰でも上へ上れる。上ってみた。三階まで上り、３０４号室のドアの前に立ったが、チャイムを鳴らすべきか迷った。チャイムを鳴らし、吸血鬼のなり損ないが出てきたとして、一体何を話せばいいのだろうか。分からない。とりあえずチャイムは鳴らさずに、耳をドアに張りつけて中の音を聞いた。物音一つない静けさだった。

本当に中にいるのだろうかと、改めて疑問が湧いた。再び一階に下り、外に出る。外からベランダを確認する。３０４号室は明かりがついている。つけっぱなしでなければ、中にはいるはずだ。カーテンが閉まっていて、中の様子は見えない。

もう一度階段を上り、３０４号室の動静に耳をそばだてる。今度は微かな物音が聞こえてきた。歩いている時フローリングの床を踏みしめる音。何かを探しているようなかさかさ音。蛇口を開けて水が流れ出る音。ドアが閉まる音。トイレを流す音。ドアが開く音。

足音。足音が聞こえる。裸足ではなく、靴を履いている時の足音。吸血鬼のなり損ないは部屋の中でも靴を履いているのか。その足音は次第に大きくなり、こちら側へ近付いてきているようだった。まさか気付かれてしまったのか。そう思うとびくっとし、慌てて耳をドアから引き剝がした。それとほぼ同時に、

「君、何をしている！」

と、野太い声が背後から飛んできた。振り返ると、一人の男性が目の前に立っている。男性の服装を見て、警察官だと分かる。かなりがたいの良い警察官で、顔の半分は廊下の柱の影に隠れてよく見えなかった。

何が起きているのか俄《にわ》かには把握できず、私は警官に目を向けたまま、何の言葉も発せずに立ち尽くした。

「あなたはここに住んでるの？　このマンションに住んでるの？」と警察官は訊いた。

「いえ……」

「じゃここで何をしてるの？」

何をしているのか、私にも分からない。なんて言えばいいか分からず口ごもっていると、警察官は面倒くさそうに溜息を吐き、それから言葉を継いだ。

「お姉さん、このマンションの住人じゃなかったら中へ入っちゃいけないよね。不法侵入って

知ってる？」

不法侵入。その言葉が頭の中で木霊《こだま》した。誰が？　私が？　元はと言えば、吸血鬼のなり損ないが私の領域に侵入してきたのではないか？　何故私が不法侵入しているように言われなければならないの？

こんがらがる頭の中から、ふと一つの言葉が浮かんできた。その言葉は思考のプロセスをすり抜け、口を突いて出てきた。

「柳佳夜なんです」

「は？」警察官はぽかんと口を開き、こちらを暫く見つめた。「それ、お姉さんの名前？」

「そうです。私は柳佳夜です。私こそが本当の柳佳夜です」

勢いづいて、言葉がどんどん出てきた。「吸血鬼のなり損ないはなりすましです。本物は私です。私こそが本当の柳佳夜です」

途方に暮れている様子で警察官は項《うなじ》に手をやり、そこをぼりぼり掻いた。

「とにかく、交番まで来てもらおう。話はそこで聞くから」

「いやだ。私が本物だ。本物の柳佳夜だ。あいつは偽物だ。私の存在を奪った偽物だ――」

「いいからついてこい」

「駄目。私は存在を奪い返す。奪い返すしかないの。この身体なんて要らない。柳佳夜はここにいる私じゃない。本物の私なんです。本物の私を、あいつが奪い取ったんです――」

言葉を吐いているうちにだんだん声が大きくなり、やがて絶叫になった。自分の声が閑静な住宅街に木霊しているのを、意外と冷静なもう一人の自分が聞いているような心持ちになる。ああ、何をやっているのか、みっともない。と、もう一人の自分は他人事のように思う。こら、静かに、近所迷惑だ、早くこっちへ来い。警察官の怒声が飛んできて、それと同時に腕を掴まれた。振り解こうとしても腕に力が入らず、思わずギャーと大声で叫んだ。

「あのう」

304号室のドアが開き、中から人が顔を出してきた。「すみません、先ほど通報した者ですが……」

その人の顔を、私は叫ぶのを止めて食い入るように見つめた。吸血鬼のなり損ないだ。声も動画と完全に一致している。

「不審者だと思って通報したのですが、ごめんなさい、この方は知り合いなんです」

「知り合い？　この人が？」

警察官は怪訝そうに私のほうを見た。腕は放してくれた。私は黙って俯いた。コンクリートの床は月明かりを反射して冷たく光っている。

「はい、知り合いなんです。いきなり訪ねてきたから、不審者だと勘違いして」

そう言ってから、吸血鬼のなり損ないは警察官に向かって深々と頭を下げた。「お騒がせしました。本当に申し訳ございません」

警察官は吸血鬼のなり損ないのほうを見て、また私のほうを見た。何度か視線を交互に動かしてから、溜息を吐いた。そして、

「まあいい。何かあったらいつでも通報して。もう遅い時間だからあまり大きな声は出さないように」

そう諭してから、そのまま階段を下りていった。

私は顔を上げ、吸血鬼のなり損ないを睨みつけた。

「とりあえず、どっかの店に入ろっか」

先刻警察官に見せるために作った申し訳なさそうな顔を引っ込め、吸血鬼のなり損ないは無表情になり、抑揚のない声でそう言った。「まさか私が家に上げるとか、思ってないだろうね」

「さっきは、ありがとう」

駅の近くのファミレスで、私は吸血鬼のなり損ない――小池嘉美と向かい合って座っている。サイゼでいいよね？　あたしはもう夕飯食べたからデザートしか頼まないけど。そう言ったのは彼女で、私が黙って頷くと、彼女は颯爽と店の中へ入っていった。なんだ、現実世界では

一人称は「僕」じゃないのか、と心の中で呟く。あんた、ドリンクバーつける？　そう訊かれ、水でいい、と答えると、あっそ、と彼女は興味なさそうに相槌を打ち、勝手にコールボタンを押して店員を呼び、ティラミスとドリンクバーを頼んだ。私は全く食欲がなく、食器を使うのも億劫なので手でつまめるフライドポテトを頼んだ。料理を待っている間、彼女は席を立ってドリンクバーの方へ行き、アイスココアを手に戻ってきた。そして黙ったままメニューを手に取り、表紙のイラストをやけに念入りに見つめている。よく見るとそれはキッズメニューの「間違い探し」だった。私は彼女に礼を言った。冷静になってくると、先刻のことを思い出して冷や汗をかいた。あのままでは警察に連行されるところだった。どういたしましてー、と彼女は目線を「間違い探し」に向けたまま顔も上げず、いかにも気にしていないというふうに語尾を伸ばした調子で返事した。暫くすると料理が運ばれてきた。彼女はキッズメニューをメニュー立てに戻し、カトラリーケースからフォークを取り出し、ティラミスを一口切り取る。

「で、あんたが柳佳夜さん？　作家の方の」

ティラミスを口へ運び、咀嚼し、飲み込んでから、彼女は訊いた。その一連の動きを、私はただ黙って見ていた。

「作家っていうか、作家のなり損ない」

こちらの自嘲を気にする様子もなく、彼女はアイスココアをマドラーで掻き混ぜながら質問を続けた。細かく潰した氷がグラスの中でじゃりじゃりと音を立てる。

「その節は大変だったね。迷惑かけたかしら？」

笑いを含んだ口調で放たれたその言葉を聞き、また怒りが湧いてきた。しかしストーカー行為を許してもらった手前強くは出られず、私は少しだけ語気を強めた。

「なんで名前を被せてきたんですか？」

「別に被せてないよ。なんでこっちが被せた前提なの？」

そう言って、彼女はカバンからカードみたいなものを取り出して見せてきた。「これ、あたしの本名」

それは健康保険証だった。氏名の欄には「柳　嘉燁」と印字されている。

「これ、中国語では柳《リョー》　嘉《ジャー》　燁《イエー》って言うの。柳佳夜とは中国語の発音が一緒。つまり柳佳夜って名前はあたしの本名からつけたってわけ。あんたに被せたくてつけたんじゃないね」

その言い分を聞いて私は困惑し、思わず質問した。「名前、小池嘉美じゃなかったの？」

「なんでその名前を知ってるの？」

彼女の涼しい顔に一瞬、動揺が過った。まさか会社の人事システムとは言えず、私は黙り込み、机の上のフライドポテトに視線を落とした。

「まあ、その話は後ででいい」

彼女は保険証をカバンにしまいながら説明した。「小池嘉美ってのは、あたしの通称名。あたしは日本と中国のハーフで、父が中国人なの。本名は父の姓にしたけど、通称名は母の姓ね。日本生まれ日本育ちだから、日本風の通称名がないと何かと不便なわけ」

それを聞いて、密かに得心が行った。会社の人事システムに登録されているのは通称名だったのだ。結婚して名字を変えた人も本人が望んだ場合、会社では旧姓の名前を通称名として登録している。それと同じ仕組みだ。

「次はあんたが質問に答える番よ。なんであたしの住所が分かったの？　そこを言わないと通報するよ」

小池嘉美は腕を組み、こちらを睨みつけるようにまっすぐ見つめながら訊いた。さっきまでの口調に含まれていた僅かな笑いも消え、俄然厳しさが増した。これは誤魔化せそうにないと観念し、私はありのまま話すことにした。隅田川花火大会のこと、猫の瞳の写真、欲しいものリスト、サマーフェスタ限定のトートバッグ、そして人事システム。私が言いよどむと彼女は顎をしゃくり、話を進めるよう促した。

「なるほど、花火大会と欲しいもののリストは何となく想像がつくけど、猫の瞳の写真、ね。それとあのトートバッグ。あんた、本社の人事なんだ。てか、これは職権乱用でしょ？」

私が黙り込むと、彼女は溜息を吐き、話を続けた。

「こないだ、先々月かな、も、急に家凸されちゃって、ピンポンもされて、怖かったよ。あの時は声でバレたみたい。ほら、あたしって、ボイスチェンジャー使ってないじゃん？　素の声で配信してるわけ。そんで、大学時代に振った男にバレちゃって、あの人、職場の人間にべらべら喋りやがって。あたし、学生時代から引っ越してないから、住所もそのまんまだし。で、その職場にあたしの動画を観てる人がいて、その人が凸ってきたってわけ。ファンがつくのは嬉しいけどさ、そういうファンが一番怖いの。作家さんなら分かるでしょ？」

　そこまで言って、彼女はアイスココアを一口啜った。ファンなんていないし、と私は心の中で毒づく。彼女はまたゆっくりとティラミスを一口切り取り、口へ運んだ。咀嚼、嚥下。飲み込むのと同時に喉の骨が少し上へ跳ね上がった。

「で、あんたは別にあたしのファンじゃないでしょ？　職権乱用してまでわざわざやってきて、何がしたいの？　名前がダブった吸血鬼を恨んでるわけ？」

　彼女と話をしていると、やっぱりこの人、吸血鬼のなり損ないだな、と今更ながら実感が湧いてきた。もちろん一人称も口調も違うが、オーラとでも言うべきだろうか、話している時に自然と溢れ出る不敵さと沈着さ、図太さは吸血鬼のなり損ないに通じる。なるほど、これなら千年の歳月を生きた吸血鬼なんて役も臆面もなく演じてのけるだろう、と思った。ふとある返答が閃き、私はそれを口にした。

「吸血鬼に杭を打ち込むと消えるってのがほんとかどうか、知りたかった」

意表を突かれたように彼女は一瞬ぽかんとなり、そしてぷっと吹き出した。

「あんた、面白いね」

背もたれいっぱいに背中を預け、小首を傾げながら、彼女は穏やかな微笑みを湛えてこちらを値踏みするように見つめた。「で、杭は持ってきたの？　それとも、銀の弾？」

「名前が被ってるって分かってたんなら、なんで声明を出さなかったの？　こっちがなりすましだって言われてたんだよ。あんたが偶然だって言えば、全て解決したじゃん」

言い始めたのは自分だが、杭とか銀の弾とかふざけた話に付き合う気になれず、私は正直な気持ちをぶつけてみた。話しながら、心臓の鼓動が速まっているのを感じる。彼女の顔から笑みがすっと消え、代わりに眉を顰め、返事を考えているように暫く黙り込んだ。そしてふうと溜息を吐いた。

「あのね、百万人くらいフォロワーを抱えていると、迂闊なことは言えないの。ファンやフォロワーの中に紛れているアンチの大群は揚げ足を取ろうと、四六時中こっちの発言を必死に監視しているのね。VTuberを始めて一年も経っていないのにこんなにも――自分で言うのも何だけど、爆発的にね――ファンが増えたってことで、あたしのことを面白く思わない連中もたーくさんいるわけ。そういう人たちは叩くための材料をいつも血眼になって探してるの。何か下手なことでも言うとすぐ二重にも三重にも曲解されて、拡散される。とんでもないストレスだよ、そこは分かって？　釈明しようとしても、そういう人たちはそもそも叩くのが目的だから聞く耳持たないの。経験上、火に油を注ぐだけよ。てか、ポテト、頼んだのに食べないの？」

手つかずのフライドポテトを顎で示し、彼女は訊いた。私はポテトを一本取り、ケチャップをつけずに口に入れた。もうだいぶ冷めている。よかったらどうぞ、とポテトが盛られている皿を手で示し、食べていいよという合図をすると、どうも、と彼女も一本手に取った。意図的かどうかは分からないが、彼女はそのポテトにたっぷりケチャップをつけてから口へ運んだ。

「あたしは普段小説読まないから、あんたのことを失礼ながら存じ上げてなかったの。小説の雑誌？　も買ってないから手元になかったわけ。あんたがなりすましかどうかは、そもそもあたしには確認のしようがなかったよ」

「私の方が先に柳佳夜って名前を使い始めたってことくらい、調べればすぐに分かると思うけど」

「確かに、後になってあんたの方が先に使ってたって知ったけど、あの時はもう騒ぎがある程度収まってたから、蒸し返さない方が賢明だって判断したわけ」

そこまで言って、彼女はテーブルに置いておいたスマホ画面を一回確認し、それから話を続けた。時間を確認したのだろう。私も時間を確認しようと思ったが、スマホをカバンから取り出すような大きな動きが何となく取りづらく感じられたので我慢した。

「それでも、何か声明を出すべきかどうか悩んだよ。あんたの方が先に使い始めたからなりすましじゃない、偶然なんだって。でもあんたの方が先に使い始めたってこっちから言ったら、じゃなんであたしがこの名前にしたんだって話になるんじゃない？　偶然だといっても、叩きたいだけの人に尾ひれはひれつけられて拡散され、盛んに燃やされるのが目に見えてる。偶然って言うけど名前をつける前にちゃんと調べなかったのは落ち度だね、みたいに評論家気取りの人にすまし顔で論じられるのも気に入らないしね。まさか本名からつけた名前だなんて言えないし」

「だからって放置する？　普通」

「そんなこと言うなら、あんたが釈明の声明を出せばよかったじゃん？　黙ってたのはあんただって同じでしょ？」

「柳佳夜名義のアカウント、持ってないし」

「ツイッターやってるんだから作ればいいじゃん。アカウント作れば小説の宣伝もできるし。何で作らないの？」

そう問い質され、私は俯いて黙った。柳佳夜名義のアカウントを作りたくないのは、佐藤慶子として認識され、身体を持ってここに存在する自分と、実体を持たない精神だけの存在としての柳佳夜に、繋がりを持たせたくないと思ったからだ。柳佳夜のアカウントを作ると、必然的に佐藤慶子が「中の人」になってしまう。そうすると、本来なら身体を持たなくていい柳佳夜まで身体に縛り付けられ、汚《けが》されてしまう気がしてならない。しかしこれを小池嘉美に話したところで、分かってもらえるかどうか。

改めて小池嘉美に目を向ける。彼女は涼しい顔でティラミスをフォークで切り取り、ゆっくり口へ運んでいる。当たり前のことだが、その見た目は柳佳夜という名の吸血鬼アバターとは似ても似つかない。銀髪でもなければ目も赤くなく、顔はどちらかと言えば健康的な肌色だ。肩に僅かにかかっている髪の毛は少しバサついており、睫毛は長いがあまりカールしておらず元気なさそうに下を向き、瞼も地味な一重だ。決して美人ではなく、街ですれ違っても恐らく誰も振り向かないような平均的な顔立ちである。中国人の血が入っていることと関係しているかどうかは分からないが、目の形だけが派手めなつり目であり、そのため目つきが鋭く、芯が強そうな印象を与える。そんな小池嘉美を見ていると、彼女になら本当のことを言ってもいいかもしれないと何故か思えた。

「柳佳夜に、身体を持たせたくなかったから」

私がそう言うと、小池嘉美は無言のまま疑問の眼差しを向けてきて、話を進めるよう促した。

私は彼女に話した。身体を持たされることへの嫌悪感、肉体に依存しなければ存在できず、その支配から逃れようとしても逃れきれないことの絶望感と無力感、生まれた瞬間から身体に押しつけられた途方もない重さと、決して釣り合わない快と不快、存在するだけで絶えず様々な奉仕を要求してくる身体の底知れない貪欲さ。佐藤慶子という人間はそんな宿命からは決して逃れられない。だからこそ、せめて柳佳夜だけは救ってあげたかった、身体の束縛から自由にしてあげたかった。身体を、肉を脱ぎ捨てた存在にしてあげたかった。

私の話を、小池嘉美は片肘をついて静かに聞いていた。時々テーブルにつく肘を変えたり、足を組みかえたりしながらも、目線はずっとこちらに向いていた。

「なるほど、せっかく作り上げた身体を持たない存在が、別の身体を持たない存在に奪われたって思ったわけね」

話が一段落すると、小池嘉美は何回か軽く頷き、何か考える素振りをしながら呟いた。その通り、と私は思った。もし名前が被ったのがテレビに出ているような明らかに身体を持っている芸能人だったら、ここまで執着しなかったのかもしれない。小池嘉美がバーチャル YouTuber という肉を脱ぎ捨てることに成功した存在だからこそ、彼女を特定し、肉体の存在を突き付けてやりたい衝動に私は駆られたのだ。

ふと、小池嘉美は何かを思い出したようにぷっと吹き出した。私が疑問の視線を向けると、彼女は手で口を覆い、笑いを堪える仕草をしながら、ごめんごめん、と謝った。

「なんかさ、肉を脱ぎ捨てるって表現、ナタみたいだなって思ったの」

「ナタ？」

「中国の神だよ。これこれ」

彼女はスマホで何かを入力してからそれを見せてきた。画面には「哪吒」という、見たことのない漢字が表示されていた。

「『封神演義』って、知ってるよね？　ほら、漫画とかアニメにもなったじゃん。その中にも登場する、少年の姿をした神。中国では割かし有名な神様なんだけどね」

「その哪吒がどうしたの？」

「哪吒について有名な伝説があるの。哪吒の母親は三年六か月の妊娠でようやく彼を産んだんだけど、生まれた時は大きな肉団子みたいな形で、父親が剣を持って肉団子を切り裂いたところ、哪吒が現れたの。まあ、桃太郎みたいなもんだね」

小池嘉美が語った哪吒の伝説はこんなものだった。哪吒は生まれた時から乾坤圏《けんこんけん》と混天綾《こんてんりょう》という神通力を秘めた宝物を持っていて、乾坤圏というのは金でできた円環状の武器で、混天綾は真っ赤な布である。哪吒が七歳の時に川で水浴びをしていると、ある事件が起きた。その川はちょうど竜宮のある場所だった。哪吒が混天綾を川の水につけ、バスタオルみたいに身体を洗うと、川全体が真っ赤に染まった。更に乾坤圏で水遊びをしていると水中で地震が起き、竜宮を揺るがした。

竜宮にいる竜王はこの異変に驚き、何が起きたか調べてこいと巡海夜叉に命じた。巡海夜叉とは竜宮の守衛のようなもので、顔が青く、髪が赤く、長い牙が生えており、手に大きな斧を持っている。そんな巡海夜叉が川面にやってきて目を凝らすと、子供が水浴びをしているではないか。「そこの小童《こわっぱ》、何をしている!」と巡海夜叉は声を上げて威嚇するが、哪吒からすれば、川で水浴びをしているとき急に人間離れした怪物が襲ってきたようなものなので、「貴様ごとき畜生の分際で、誰の許しを得て俺に口を利く?」と売り言葉に買い言葉で、二人は言い争いになり、戦いになったが、哪吒の乾坤圏の威力によって巡海夜叉はあっけなく殺されてしまった。

巡海夜叉の血で汚れた乾坤圏を川で洗うと、水中では更に大きな地震が起きた。我慢ならない竜王は、今度は自分の三男を遣わした。しかしその三男も哪吒に殺され、背筋まで抜かれた。息子を殺された竜王は怒り狂い、天界に赴き哪吒一家の罪を告発しようとしたが、そこでも哪吒に返り討ちに遭い、ひどく殴られたあげく鱗まで剥がされた。

「哪吒が犯した大罪のせいで、両親まで罪に問われかねない事態になったの。親に責任が及ばないように、哪吒は自ら腹を切り、腸を抉《えぐ》り、肉を削ぎ落して罪を贖《あがな》った。親から授かった骨と肉を脱ぎ捨てて親に返したことで、自由になったってわけ。それで、文字通り肉を脱ぎ捨てた哪吒は魂魄《こんぱく》だけの存在になり、天界へ昇ったとさ、めでたしめでたし」

話し終えると、小池嘉美はコップを覗き込み、中身が空になっているのを確認してから席を立ち、ドリンクバーへ行った。席に残された私は一瞬、自分は一体ここで何をしているのか、よく分からなくなった。小池嘉美から聞かされた話を思い返す。暴れ回って人を殺しまくる餓鬼が神になってしまうというめちゃくちゃな話だが、肉を脱ぎ捨てて魂魄が天界に昇るというくだりが心に残った。伝説の世界では肉を脱ぎ捨てても魂魄は残るが、人間のあらゆる情動や思考が悉く脳やホルモンの働きに還元された唯物論的な現代社会で、肉を脱ぎ捨てた後に何が残るのだろうか。

間もなく小池嘉美がティーカップを手に戻ってきた。カップにはお湯とティーバッグが入っていて、深い赤色がティーバッグからゆっくり滲み出てお湯の中で拡散していき、それが話に出てきた真っ赤に染まる川を連想させた。小池嘉美はティーバッグの紐を親指と人差し指で挟み、お湯の中でバッグを何度か上下させた。それによって元々濃淡があった赤は液体全体に行き渡り、お湯が紅茶になっていく。ティーバッグを取り出してソーサーに置き、彼女はカップの取っ手に人差し指を挿し入れてカップを持ち上げ、紅茶を一口啜った。お湯が紅茶になっていく過程で、どこまでがお湯で、どこからが紅茶なのだろう。ティーカップに唇をつけている小池嘉美を眺めながら、私は漠然と考えた。

「でもまあ、あんたの気持ちは分からなくもないかな。身体を持つのが嫌ってわけじゃないけど、あたしだって嫌な思いをいっぱいしてきたもん」

そう言いながら、小池嘉美はカップをソーサーに置き、コッと小さく鈍い音を立てた。「なんていうのかな、自分が自分であるのが、嫌って感じ。あたしの場合、本名の響きが周りと明らかに違うので、学校とかで呼ばれる度に嫌気が差すし、周りの人が向けてくる無遠慮な視線もいちいち癪に障った。嫌な言葉で呼ばれたり、仲間外れにされたりしたこともあったな。名前の字が書きづらいから気持ち悪いって言われたこともあった。自分が今ここにいる自分ではなく、どこか別の場所で、別の自分になれたらいいなって、ずっと思ってた。だからかな、VTuberをやろうって思ったのは。

正直、今でも通称名ではなく本名で呼ばれることに抵抗感を覚えるし、ハーフのこともごく一部の人にしか明かしていないけど、VTuber の名前を決める時に思ったの。自分なりのやり方で、本当の自分に向き合わなきゃいけないって」

そこまで言って、彼女は私の顔をまっすぐ見た。それから話を続けた。

「だからね、あんたの切実さも分かるけど、あたしにとっても柳佳夜ってのは大事な名前なんで、簡単に人に譲ったりしないよ」

「一つ、教えてもらってもいい？」と私が言った。

「言ってみ」

「身体を持たない状態で存在するのって、どんな気分？」

小池嘉美は首を傾げ、暫く考えた。

「さあ、あたしはVTuberをやっている時も別に身体を持ってないとは思ってないもん。バーチャル空間とはいえ、身体はちゃんとあるからね。それも、見られるためだけに存在する身体。確かにあの身体は病気にもならないし痛みも感じないけど、だからこそ見られることが唯一の存在価値ってわけ。見られなくなったら、存在が消えるも同然。見られるイコール存在する、なの。あたしはそれでも構わないけど、あんたが目指しているのはもっと根本的なものなんじゃない？」

どう答えればいいか分からず黙り込んでいると、小池嘉美は無言でティラミスの最後の欠片を口に入れ、紅茶で流し込んだ。それからまたスマホで時間を確認した。

「もう遅いからそろそろ帰るね。お会いできてよかったよ、もう一人の柳佳夜さん。今日は私のおごりでいいよ」

そう言うと彼女は立ち上がり、伝票を手に取った。「だけど職権乱用に関しては、きちんとコンプラ部に報告させてもらうからね」

＊

懲戒委員会が開かれ、処分が下ったのは三月中旬のことだった。人事職の職権乱用は会社に対する社員の信頼を著しく損なうモラルに欠ける行為ということで、二週間の出勤停止になった。

二週間の間、食料の買い出し以外はずっと家に籠もっていた。もはや栄養に配慮する気が完全に失せていて、ひたすらカップ麺を買い込み、一日二食、そればかり食べた。腹あたりの肉が増えているように感じたが無視し、鏡の中の自分を見るのが嫌なので家中の鏡を全部捨てた。シャワーを浴びるのも億劫で、数日も経たないうちに髪の毛が脂で固まって塊状になり、顔も脂でべとべとしている。あぶらとり紙を持っていないので我慢できない時はティッシュで適当に拭いた。目頭を拭いた時いつも黄色い目やにがティッシュに大量に付着した。

出勤停止二週間目のある日、夕方にインターホンが鳴った。モニターを見ると、優香ちゃんが急に訪ねてきたのだった。居留守を使おうか迷ったが、私が出勤停止を食らったのは優香ちゃんも知っているので、家にいないふりをするのは不自然だと考え、インターホンに出ることにした。家に上げると、彼女は私の顔をまじまじと眺めた。そんなに変わり果てた顔をしているのか、と私は少しイラつきを覚えたが、彼女は特に何も言わなかった。居間に入れて座椅子に座らせ、私はベッドの端に腰をかけた。

どうぞ、そう言って差し出されたのはどこかのデパ地下で買ってきたと思われる菓子折りで、蓋を開けると、色とりどりの個包装のお菓子が箱の中に整然と並んでいる。あまり食欲はないが、ありがとうと言って受け取り、優香ちゃんも食べられるように座卓に置いた。ちゃんとした飲み物がないので、コップに水道水を入れて優香ちゃんに出した。

「慶子ちゃん、なんであんなことしたの」

ウォーミングアップのように取り留めのない雑談を一頻りしてから、いよいよ本題に入るというふうに優香ちゃんが訊いてきた。私と優香ちゃんは部署が違うものの同じフロアなので、私がやったことについては優香ちゃんも噂で聞いているに違いない。小説を書いていたことを含め、優香ちゃんには何も話していないから、説明しようとすると長くなる。この話題を面倒くさく思いながら、ちょっと魔が差してやらかしちゃっただけだよ、と適当に誤魔化した。しかし優香ちゃんは食い下がり、ちゃんと教えてほしいと言った。仕方なく、優香ちゃんに洗いざらい話すことにした。小説のこと、ペンネームのこと、名前が人気VTuberと被ったこと、そしてそもそものところ、身体を持っていることに嫌悪感を抱いていることなど、全て伝えた。

真剣に聞きながら時おり頷いたり眉間に皺を寄せたりする優香ちゃんは、話が終わっても押し黙ったまま何か考え込んでいるようだった。喋り過ぎて喉が渇いたので、私はキッチンへ行ってコップに水道水を注ぎ、それを飲んだ。居間に戻ると、

「私、会社を辞めるの。三月末で」

と、優香ちゃんは急に脈絡もなく打ち明けた。

予想外の話に私は、えっ、と間の抜けた声を発した。「なんで急に?」

優香ちゃんは暫く躊躇いの色を見せてから目を閉じて、一回、深呼吸をした。そして、

「手術を受けることにした」

と言った。

優香ちゃんの話によれば、性別適合手術の費用がようやく貯まったので、四月にはタイに渡って手術を受けるとのこと。術後のリハビリを含め最低でも二か月は仕事を休む必要があり、予後が悪ければ更に延びる可能性もある。有給休暇はそんなにはないし、手術を受けるための休暇制度もうちの会社にはない。一応、傷病休職扱いにできないかと会社に打診してみたが、難しいと言われた。つまり手術を受けるためには、退職しか道が残されていないのである。

「でも、そんなのおかしいじゃん」

と私は言った。手術代金を貯めるために働いてきたのに、手術を受けるために仕事を辞めざるを得ないなんて。性同一性障害という病名がついているのに、その治療としての手術に傷病

休職が適用されないなんて。

一応、傷病休職を適用させるかどうかは人事部の判断だが、私の担当ではないし、懲戒処分を受けている今、私には何の発言力もない。

「おかしいよ。おかしいって私も思うよ」

私の言葉に触発されたのか、優香ちゃんは珍しく語調を強め、訴えるように言った。「この身体も含め、全てがおかしいよ」

普段は滅多に見ない優香ちゃんの感情的な言動に少し驚き、その顔を見つめていると、目に涙の粒が溜まっていることに気付いた。優香ちゃんは座卓に置いてあるボックスティッシュから一枚抜き取り、それで鼻を押さえた。涙を堪《こら》えている表情は見るに忍びなく、私は目を逸らした。二人はそのまま、視線を合わせず無言で相対した。

恐らく実際には数分しか経っていないが、体感的には一時間と思えるような長い時間が経ち、優香ちゃんはようやく口を開いた。

「慶子ちゃんが言った、身体を持つことの嫌悪感って、なんか分かる気がする」

改めて優香ちゃんに目を向けると、彼女もこちらを見つめていた。

「でも……慶子ちゃんも慶子ちゃんですごく切実に苦しんでいると思うからほんとはこんなこと、言っちゃいけないけど……私は慶子ちゃんがすごく羨ましい。もし私が慶子ちゃんのように女性の身体に生まれてたらどんなによかったかって、どうしても思ってしまう。慶子ちゃんが身体を疎ましく思っているのなら、じゃその身体、私にちょうだいよ。って、ほんとはさっき、慶子ちゃんの話を聞きながらずっと、心の中で叫んでた」

いつも落ち着いていて、取り乱すことがあまりない優香ちゃんの本音と思われる言葉に対し、私はある種の後ろめたさとともに反射的な反発を覚えた。確かに私は身体を切る手術を受けなくていいし、手術の代金を貯める必要もない。手術を受けるために仕事を辞めなければならない状況になることもないだろう。その点は優香ちゃんと比べて恵まれているに違いない。一方、この身体を持っていることで味わってきた苦しみ、背負ってきた重さ、その全てを優香ちゃんが分かっているとも思えない。少なくとも優香ちゃんの身体は馬鹿みたいに毎月せっせと受精や着床の準備をしたりしない。しかしそんな言葉を優香ちゃんにぶつけてはいけない気がする。

それと同時に、私はある特殊な、これまで味わったことのない奇異な感覚が心の底から芽生えてきたことに気付いた。その感覚にあえて名前をつけようとするならば、「優越感」に近いような気がした。自分の持っているものは、優香ちゃんがどんなに頑張っても決して手に入らないという事実――たとえ手術を受け戸籍上の性別を変えたとしても、私の身体に備わっている機能は彼女の身体には決して宿らない、その事実が私に幾分か残酷な勝利感を味わわせた。しかしその直後、自分が今この瞬間、よりによってあれほど嫌悪感を覚えてきたもの、つまり身体と、その身体に押しつけられた重さや生物としての役割に優越感を抱いてしまったことに気が付くと、私はまた、身体に敗北したような屈辱的な気持ちに襲われた。当然ながら、優越感にしろ屈辱感にしろ、それを優香ちゃんに悟られてはいけないことくらい分かっている。

何を話せばいいか分からず黙っていると、優香ちゃんはカバンからスマホを取り出し、何か操作してから私に見せてきた。画面に目を凝らすと、ツイッターのアプリだった。一番上に「ユウカ」という名前のアカウントの投稿があり、その下にはリプライが何百件とぶら下がっている。私は優香ちゃんのツイッターアカウントを知らないが、「ユウカ」というのは彼女のアカウントだろう。「ユウカ」による投稿はついこの間、三月八日のものだった。

〈女性として生きていることが辛くない、そう思える世の中にしよう！#国際女性デー〉

たった三十文字くらいの短いメッセージにぶら下がっているリプライに目を通すと、軽く眩暈を覚えた。

〈男は黙れ〉

〈お前は男だろ〉

〈ちんこ人間は国際女性デーを奪うな〉

〈一秒たりとも女性の身体になったことがない人が女性を騙《かた》って乗っ取りに来てる。女性差別者。きもっ。#国際女性デーはみんなのものじゃなくて女性のもの〉

〈女はコスプレじゃない。自称女の身体男性でペニス保有者は男子トイレを使え〉

〈ちんこ切ってから出直してこい〉

〈ちんこ切っても男は男。国際女性デーではなくトランスジェンダーの日にどうぞ〉

〈やっぱオスって怖い。危険。#トランス女性は男です〉

いくらスクロールしてもこの類のリプライがとめどなく出てくる。「ユウカ」というアカウント、そして今私の目の前にいる生身の服部優香という人間に向けて放たれた、あまりにも暴力的な言葉の数々に吐き気を催しながら、何十個か読んだところでとうとう耐えられなくなり、言葉を失ったままスマホを優香ちゃんに返した。


それらのリプライを飛ばした人たちは、私が知っているのとは全く異なる服部優香の姿を幻視しているようだった。その人たちの妄想の中で、優香ちゃんは屈強な身体を持っている男で、休日だけ趣味で女装をしていて、女子トイレや女湯に侵入して女性の安全を脅《おびや》かそうとしている存在のようだが、そんな優香ちゃんは現実世界のどこにもいなかった。そして、リプライを飛ばした人たちに攻撃の根拠を与え、ありもしない人物像を幻視させ、妄想させたのは、他でもない優香ちゃんの身体なのだ。

優香ちゃんは私よりずっと身体を、女性としての生活を楽しんでいると思っていたが、実のところ、優香ちゃんもまた身体に苦しんでいる人の一人だったのだ。私の苦しみとは別の次元で、ずっと独り苦しんでいたのだと、今になってようやく悟った。

「去年、御手洗《みたらい》女子大学がトランスジェンダーの生徒を受け入れるって発表したでしょ？　あれからツイッターはずっとこんな感じなの。私みたいな人が何かを言うと、すぐこうやって攻撃される」

スマホをカバンにしまいながら、優香ちゃんは淡々と述べた。まるで何か歴史上の出来事の背景について解説しているような口調だった。それでも、優香ちゃんは「私みたいな人」と言った。「私みたいな人」とはどんな人か、明言しなかった。トランスジェンダーの人か、トランスジェンダー女性か、それともまだ手術を受けていない性同一性障害の人なのか。優香ちゃんはどの言葉も使わなかった。それらの言葉を口にし、自分自身に当てはめることを彼女は恐れているように、私には感じられた。

ふと、優香ちゃんは何故今日訪ねてきたのだろう、と思った。私の様子を見に来たというのもあるだろうが、主たる目的ではない気がする。ネット上の誹謗中傷被害を訴えに来たわけでもないだろう。私では何もしてあげられないし、優香ちゃんは、私の前ではほとんど弱音を吐かないのだ。

福島さんの件で彼女に相談した時の、彼女の言葉を思い出した。「急に泣きたくなる時は、本当に少しでも我慢ができないの。くしゃみみたいにね、涙が身体の中から咄嗟に湧いてきて、気が付くとぽろぽろ落ちている」。優香ちゃんはそんな時ですら、一人でどこかに籠もってこっそり泣くような人だ。

そう言えば、手術を受けに行くと彼女は言った。性別適合手術とはどんなものか、私にはよく分からない。ただぼんやりと、戸籍上の性別を変更するために必要な手続きとしてしか認識していなかった。それがどのように行われ、どんなリスクがあり、成功率がどれくらいで、失敗したらどうなるのか、私には何一つ知識がないことに気付いた。さっき攻撃的なリプライを読んだばかりだからか、私までもが「切る」という漠然としたイメージしか抱いていなかった。しかし人間の身体はレゴブロックではないという当たり前の事実を、私は改めて思い出した。自分自身も身体に苦しんできたのだから本当はずっと知っていたはずなのに、他人のことになるとつい忘れてしまう。何かを切ったら当然、血は流れるだろう。当然、すごく痛いだろう。当然、傷口が治るのにものすごく時間がかかるし、行動もかなり制限されるだろう。そこまで考えてようやく、そんな危険性を伴うかもしれない手術を、約七年もの付き合いのある優香ちゃんがこれから受けに行くという実感が湧いてきた。付き添いの人はいるのだろうか？　まさか一人で言葉の通じない異国に渡って、一人で手術を受けるつもりではないだろうね。そう思い至ると、今更ながら優香ちゃんのことが心配になってきた。ひょっとしたらそれはとても危ない手術で、帰ってこられない可能性もあるから手術前にわざわざ訪ねてきたのではないだろうか？

そう考えるとふと、目の前で何かに怯えているように俯いている優香ちゃんを抱き締めてあげたいと思ったが、既に十日くらいお風呂に入っておらず身体から異臭が漂っているのは自分でも分かっているので、それだけは控えなければならなかった。

「優香ちゃん……手術、怖くないの？」

辛うじて出てくる言葉がそれだった。自分の発する言葉の無力さを噛み締める。

優香ちゃんは私の方を見て、にっこり笑った。

「大丈夫だよ。細かいことは業者がアテンドしてくれるし、タイの先生は腕がいいから滅多に失敗しない。心配しないで」

安心させようと笑いながらそう言う優香ちゃんを見ていると、安心どころか、逆に胸が締め付けられる気分になった。私はやはり、言葉の重みを知らないのだと思った。砂漠、荒野、惑星、洪水、銀河、白夜、異界、魔境、ブラックホール、ダイヤモンドダスト——言葉さえ使えば、見たこともないしこれから見る機会も恐らくないであろう多くの事柄を掌の上で転がして遊ぶことができると思っていたが、とんだ思い上がりだ。それはつまり、それらの言葉の真の意味を、真の重みを知らなかったということだ。言葉の重みを思い知ると、軽々と使えなくなる。手術という言葉にしたってそうで、言葉として知っていても、その重みを私は考えたことがない。言葉の重みを知らない――あるいはそれこそが、私が作家として大成できないことの原因の一つかもしれない。

帰る前に、優香ちゃんは私に言った。

「結局辞めざるを得なくなったけど、それでも私は今の会社に感謝してる。就活の時は性別のせいで何社落とされたか、数え切れないからね。今の会社は採用してくれたし、私の状況に配慮してバックオフィス勤務にしてくれた。ほんとは営業や販売の方が好きだけど、お客さんと接する仕事はやはり難しいって。手術を受けて戸籍を変えれば仕事ももっと自由に選べるようになるから、ここで一つ区切りをつけても悪くないかも。なんて、ここ数日は思えるようになった」

サマーフェスタでハキハキと接客していた優香ちゃんの姿を思い出し、私はようやく合点が行った。それと同時に、無神経にも「販売職に就こうと考えたことはないの？」と彼女に訊いてしまった自分の愚を深く恥じた。

優香ちゃんを送り出した後、私は居間に戻り、スマホを手に取って何となくツイッターのタイムラインを眺めた。すると、気になる情報が流れてきた。毎年この時期に受賞者が決まる主要な純文学新人賞の一つ、「文学会新人賞」が発表されたのだ。リンクをタップし出版社の告知ページにアクセスすると、暫くぽかんとした。

ペンネームをつけたのか名前こそ違うものの、受賞者近影は間違いなく福島亮太なのだ。その写真を、記憶の中の福島亮太の顔と何度も見比べた。間違いない。

ページには受賞作の梗概と一部選考委員の選評も載っていた。会社でパワハラを受けた新入社員が精神を病み、退職に追い込まれるまでの過程をリアリスティックに描く小説らしい。選評を読むと、〈現代社会の病理を鋭利な筆致で切り取る秀作に違いないが、それだけなら一つの症例報告《ケースレポート》に過ぎず、受賞には至らなかっただろう。本作の美点はひとえにその人物造形にある。とりわけ主人公の「ぼく」を厳しく指導した教育係の先輩が、裏では「ぼく」を励まそうとキットカットなどのお菓子を買ってこっそり机に置いてくれていたくだりなど、人間味溢れて印象に残った〉とある。

ページに掲載されている分の選評を読み終え、私は愕然としたまま、今ひとつ現実感が湧いてこない。

なんだこれは。

この小説は恐らく、福島さんの体験に基づいて書かれたものだろう。だとすると、「厳しく指導した教育係の先輩」というのは桜庭さんのことだろう。しかし私の知っている限り、桜庭さんはキットカットなど買っていなかった。買っていたのは私だ。福島さんは、それらのお菓子を桜庭さんが買ったものだと勘違いしていたのか？　それとも、これは単なる小説的想像なのだろうか？

　福島さんに教えたい。あんたの机にこっそりお菓子を置いていたのは桜庭さんではなく、この私だ。福島さんのメールアドレスなら知っている。退職後も連絡がつくメールアドレスは、退職時に部内に周知されていた。メールアプリを立ち上げて文面を考えようとしたが、やめることにした。そんなことを伝えたところで、一体何になるというのだ。

　ミスばかりしていていつも俯いていた記憶の中の福島さんとは異なり、受賞者近影の中の福島さんは正面を向いて恥ずかしげな微笑みを浮かべている。それを見ていると、脱皮、という言葉が頭に浮かんだ。私以外は、みんなそれぞれ異なる場所で皮を脱ぎ捨て、一回りも二回りも大きくなって旅立っていく。菜摘ちゃんも、小池嘉美も、優香ちゃんも、福島さんでさえも。私だけがここに取り残され、この肉体に縛り付けられたままどこにも行けやしない。

　ふと、十日ぶりにお風呂に入りたいと思った。シャワーではなく、きちんとしたお風呂に浸かりたくなった。

　足先をお湯に浸けると一瞬、冷たい、と思ったが、次の瞬間には、それは冷たさではなく熱さであるという正しい感覚を取り戻した。肩まで沈めると、凝り固まっていた筋肉がほぐれていき、身体の重さがゆっくり溶け出していく感じがした。髪の毛先から、手足の表面から、乳房の先端から、粉末状の小さな粒子がぽこぽこと浮かび上がり、お湯の中をゆらゆら漂う。髪の毛や肌から脂が剝がれ落ち、お湯の表面に浮かんで固まる。両手で皿を作り、お湯を掬って顔を洗うと、掌にぬめぬめした感触が残った。暫く経つと、全身から溶け出す汚れでお湯は次第に色を変えていく。

いつかと同じように、太ももの肌を擦ってみる。十日分の汚れが消しゴムのカスの形となって剝がれ落ち、水面に浮かび上がる。不要となったゴミとして肌から剝がされたそれらの身体の残滓は、脱ぎ捨てられた皮を連想させた。

脱皮。そうだ、みんなが皮を脱ぎ捨てるように、私も脱ぎ捨てなければならない。もっともっと、擦り取らなければならない。垢を、皮を、肉を、この身体の重さを、脱ぎ捨てるのだ。私は太ももを擦り続けた。太ももだけでなく、膝頭、膝の裏、脛、踝のくぼみ、足裏、肩、腕、手首、腰、背中、とにかく手が届く範囲の肌を精一杯擦った。瞬く間にお湯の表面は擦り取られた垢でいっぱいになり、私は自分の身体の残滓に浸かっている格好になったが、まだまだ足りない、もっと脱ぎ捨てなければ、と思った。私は一層力を入れて、一生懸命擦り続けた。

最初に擦り剝けて血の色を見せたのは太ももの肌だった。傷口がお湯に触れて沁みるような痛みを覚えたが、やめたくはなかった。脱げ、脱げ、脱ぎ捨てろ。皮を。肉を。身体の重さを。私は傷口を必死に擦り続け、そのうち血が流れてお湯を染めていき、肉の色が見えてきたが、なおも擦り続けた。脱ぎ捨てられた皮膚と組織と血液がお湯の中を漂い、やがて骨の色が微かに見えてきた。ああ、肉を脱ぎ捨てるというのはこういうことか。悟りを開いた求道者のような歓喜を覚え、私は両手で擦り続けた。痛みはもうどうでもよくなった。擦るのでは遅いし生温いので、爪を立てて剝がしたり、力ずくでもぎ取ったりした。右の太ももの肉を脱ぎ捨て切った辺りから、痛みも感じなくなった。それから左の太ももへ移り、その次は膝、脛、踝、足裏、そして胸、腹、背中。哪吒のように、肉を脱ぎ捨てて、自由になるのだ。血と皮と肉と骨が身体から離れるにつれ、私はどんどん軽くなっていく。もはや食欲と性欲に支配されることもなければ、風邪や花粉症に苦しむこともない。血を抜き切れば、股から血が流れることもない。当然、受精の準備ももうしなくていい。生物としての役割なんてクソくらえだ。皮を脱げ、肉を脱げ、細胞も組織も臓器も脱ぎ捨てろ。そうすれば解放される。病気から、苦痛から、身体の重さから、決して釣り合わない快と不快から。全身を脱ぎ捨ててから、ようやく首と頭に取り掛かる。自分が解放されていく様子を見届けるために、目は最後に取っておく。喉の血管を破き、顎を外し、頭蓋骨をこじ開けて脳を取り出す。どんなに豪奢な食べ物でも、消化すれば限られた種類の栄養素に還元される。人体もまた同じで、どれほど複雑な構造でも、脱ぎ捨てれば限られた種類の元素に還元される。不要な身体を脱ぎ捨て、元素に戻していく。

水面に揺れる最後の光を頼りに、私は自由になって分解されていく自分を見る。

※作中に「性同一性障害」という語が使われていますが、これは作中の時代背景や登場人物の認識を反映したもので、実際には「性同一性障害」という病名は国際疾病分類などからなくなっています。また、トランスジェンダーという属性はいかなる意味においても、疾病に該当しないことを付言します。

初出　「ちくま」二〇二一年六月号―二〇二三年八月号。

李琴峰（り・ことみ）
1989年、台湾生まれ。作家・日中翻訳者。2013年来日、17年『独り舞』で第60回群像新人文学賞優秀作を受賞し、デビュー。『五つ数えれば三日月が』で第161回芥川賞、第41回野間文芸新人賞候補、『ポラリスが降り注ぐ夜』で第71回芸術選奨新人賞受賞、『彼岸花が咲く島』で第34回三島由紀夫賞候補、第165回芥川賞受賞。他の著書に『星月夜』『生を祝う』『観音様の環』、エッセイ集『透明な膜を隔てながら』がある。

肉《にく》を脱《ぬ》ぐ

二〇二三年一〇月三〇日　初版第一刷発行

著者　李琴峰
発行者　喜入冬子
発行所　株式会社筑摩書房
東京都台東区蔵前二―五―三　〒一一一―八七五五
電話番号〇三―五六八七―二六〇一（代表）
印刷　三松堂印刷株式会社
製本　三松堂印刷株式会社

ISBN978-4-480-80514-0 C0093